DIX AVRIL

DIX AVRIL

Mélissa RESTOUS

ISBN : 979-10-91325-90-5
Editions Hélène Jacob – 13 Impasse Victor Gesta – 31200 Toulouse
Imprimé par Create Space – États-Unis
12,90 €
Dépôt Légal Juillet 2013

Design couverture : Jérémy Calli

Je dédie ceci aux lectrices de la première heure :
Ombline, à qui je n'ai épargné aucune lecture
(et à qui je n'en épargnerai aucune !)
Johanna et Vénuzia, les fêlées qui laissent passer la lumière,
ML, ses doigts de fée et son clavier magique,
Et Margot que j'espère pouvoir aider à tromper son ennui
(même s'il n'est plus question de philosophie).

Samedi 10 Avril

Le jeune homme avançait dans une rue déserte et sombre, les mains enfoncées dans les poches de son jeans. Il marchait au rythme de la musique que diffusait son baladeur, concentré sur ses pas. Il leva les yeux un instant et eut un mouvement de recul lorsqu'un homme surgit de nulle part devant lui, courant comme si sa vie en dépendait. L'homme s'arrêta un instant pour fixer le jeune Asiatique puis il repartit. Il n'alla pas loin, il trébucha sur quelque chose et s'étala de tout son long sur la chaussée.

Le jeune homme s'approcha pour l'aider, il se pencha et suspendit son geste, perplexe. L'homme allongé sur le macadam avait un comportement étrange, comme s'il luttait contre quelqu'un d'invisible. Il avait le visage crispé, de plus en plus congestionné, et ses mains levées vers le ciel semblaient retenir le vide loin de sa gorge. Son visage devenait rouge et des marques s'imprimaient sur la peau fine de son cou. L'homme tourna les yeux vers le spectateur impuissant. Il tenta d'articuler quelques mots, mais il n'émit qu'une sorte de râle horrible. Il suffoquait. Le jeune homme l'observa, immobile, puis il partit en courant ; la terreur lui donnait des ailes et il ne s'arrêta qu'une fois épuisé et à bout de souffle.

Lorsqu'il poussa la porte de chez lui, il s'était calmé, mais un sentiment de malaise l'oppressait. Il s'enferma dans la salle de bains et prit une douche brûlante pour se débarrasser de la sueur glacée qui recouvrait son corps. Il se sentait mieux à présent. Il revêtit un pantalon noir, une chemise noire à fines rayures au col et aux manchettes blancs, un gilet noir et une veste. Il se rendit dans sa chambre et se connecta à Internet. Le gros titre de la page d'accueil l'intrigua. *Mort inexpliquée. Un employé de bureau a été victime d'une mystérieuse agression. L'homme d'environ quarante ans travaillait seul dans son bureau lorsqu'il s'est écroulé, victime d'une blessure par balle. Ses collègues n'ont pas vu le tireur. Le blessé a été transporté à l'hôpital où il est décédé des suites de ses blessures. Les premiers résultats de l'autopsie ont permis d'établir que le coup a été tiré à bout portant. Or les témoins de l'affaire sont formels, la victime était seule au moment de l'agression. L'assassin serait-il un fantôme ?*

Le jeune homme revit le visage de l'homme qui s'était écroulé dans la rue et il frissonna. Il repoussa ces sombres pensées. C'était son anniversaire, il devait retrouver ses amis, il n'était pas question de jouer les trouble-fête avec des histoires farfelues de fantômes. Il éteignit son ordinateur, se leva et, après un dernier regard à la pièce, sortit.

Mardi 13 Avril

L'homme tapota le volant en rythme, tel un chef d'orchestre. Il jeta un œil au feu rouge, puis monta le son du lecteur CD. La voix du ténor envahit l'habitacle ; le feu changea de couleur. Il embraya, passa la première et s'engagea dans le carrefour. La voix du chanteur d'opéra s'amplifia en une magnifique envolée lyrique. Un violent coup de klaxon fit tourner la tête au conducteur sur la gauche. Ses yeux s'écarquillèrent, il ouvrit la bouche pour crier et lâcha le volant pour se protéger le visage de ses bras.

La camionnette fonça droit dans la portière de la voiture. Il y eut un bruit de tôles froissées, des morceaux de verre volèrent et la voiture fut violemment projetée sur le côté, tandis que la camionnette continuait à rouler pour enfoncer la porte une deuxième fois.

L'homme releva la tête, sonné. La vitre avait éclaté sous le choc et, après avoir repris ses esprits, il s'extirpa de sa prison par l'ouverture. Il glissa sur le capot embouti de la camionnette et fit quelques pas sur la chaussée. Le jour se levait à peine, il n'y avait personne autour de lui. Il scruta le carrefour désert, les mains sur la tête. La porte du deuxième véhicule s'ouvrit en grinçant et un homme moustachu en sortit en titubant. Il se précipita vers la voiture qu'il venait de percuter.

— Ne vous inquiétez pas, je vais bien, lança le premier.

L'homme à la moustache ne sembla pas l'entendre. Il se pencha à la fenêtre sans glace de la voiture et chercha un objet dans sa poche. Les doigts tremblants, il composa un numéro sur son téléphone portable.

— Allô, les secours ?

Le premier homme observa son air paniqué sans comprendre. Il s'approcha du conducteur de la camionnette et lui tapota l'épaule.

— Je suis là… Tout va bien.

L'autre l'ignora. Au loin, il entendit la sirène d'une ambulance. Puis une autre. Le carrefour si calme devint vite grouillant de monde. Tous s'affairaient autour de la voiture accidentée et pas un ne prêta attention à son propriétaire.

— Eh ! Je suis là ! s'exclama-t-il, agacé.

Un pompier armé d'une scie passa près de lui sans lui jeter un regard.

— Non, mais il se croit où, celui-là ?!

Il sentit une boule se former dans sa gorge. L'angoisse le prenait aux tripes. Il était sur le point de paniquer. Pourquoi personne ne se rendait-il compte de sa présence ? Il fit quelques pas en arrière, les yeux humides, le cœur au bord des lèvres.

Le jour se levait. Il lui sembla que l'agitation autour de lui s'estompait à mesure qu'une chape de plomb pesait sur ses épaules. Il voyait tout, mais n'entendait rien.

— Je peux vous aider ?

La voix déchira le silence. Il se tourna vivement et dévisagea son interlocutrice. C'était une jeune fille de dix-huit ou dix-neuf ans. Elle n'était pas grande et arborait de jolies rondeurs à moitié camouflées par un jeans large et un pull à rayures trop grand, enfilé sous une veste noire un peu élimée. Elle était mignonne avec son sourire chaleureux et ses yeux rieurs. L'automobiliste sentit le désespoir qui l'avait saisi s'envoler et il lui rendit un faible sourire.

Elle tendit le bras et déclara :

— Je m'appelle Eléonor.

Ils échangèrent une poignée de main.

— Jules.

— Enchantée… Il y a un banc un peu plus loin. On pourrait s'y asseoir pour discuter… Qu'en dites-vous ?

— C'est que… Et les secours ?

— Ne vous en faites pas pour ça, ce n'est pas important.

Elle se mit à marcher d'un pas rapide, l'homme dans son sillage. Décidément, il vivait là une bien étrange journée. Il s'assit près de la jeune fille sur un banc qui faisait face à un immense lac artificiel.

— Noël est passé depuis longtemps, c'est dommage… Vous auriez pu admirer les illuminations qui se reflétaient dans l'eau.

— Oui…

— Mais ce n'est pas le sujet. Comment vous sentez-vous ?

— Voyons… Pas trop mal.

Elle se racla la gorge.

— Il faut que je vous dise quelque chose qui va vous paraître complètement fou, mais qui explique tout ce qui vient de vous arriver.

— Je vous écoute.

— Lors de cet accident… vous êtes mort.

Jules ricana.

— N'importe quoi… Et comment pouvons-nous discuter si je suis mort ?

Elle parut réfléchir, un doigt sur la bouche.

— Je suis peut-être morte moi aussi…

— Alors, je serais une sorte de… fantôme ?

Il éclata de rire.

— Les jeunes ne savent plus quoi inventer de nos jours, soupira-t-il. C'est une bonne blague, ajouta-t-il en riant, mais d'autres que moi pourraient le prendre plus mal. Maintenant, si vous le permettez, je vais…

— Qui a dit que c'était une blague ? Regardez-vous…

Elle désigna l'eau du doigt et il se pencha pour observer son reflet. Il fut stupéfait de voir son visage méconnaissable, ses vêtements couverts de sang, et sa peau parsemée d'éclats de verre.

— Je vois les fantômes depuis que ma mère est morte, expliqua-t-elle ensuite. Parfois, les âmes de certaines personnes restent sur Terre. Certaines croient qu'elles sont encore en vie, comme vous, d'autres éprouvent du ressentiment, de la colère qui les retient dans ce monde. D'autres encore n'ont pas trouvé comment partir, ou bien elles se sont fait posséder. Bref, je dois les aider à quitter le monde des vivants.

— Pour aller où ?

— Je l'ignore.

— Et si l'endroit où vous les envoyez est pire que l'Enfer ?

— Je ne crois pas à l'Enfer. Mais je peux vous envoyer vérifier par vous-même. Ce que je sais, c'est que vous y avez votre place.

Elle jeta un œil à sa montre, puis souffla sur ses mains avant de les frotter l'une contre l'autre.

— Quel que soit votre choix, faites-le vite. Je commence à avoir froid et je vais être en retard en cours.

— Je sais ! s'exclama-t-il, content de sa trouvaille. C'est une caméra cachée !

Eléonor soupira d'agacement et se massa les tempes en fermant les yeux.

— Pas du tout. Vous avez bien vu votre reflet… Vous savez, je ne suis pas obligée de tout vous expliquer. Et si vous vous entêtez à croire que c'est un canular, je ne me gênerai pas pour vous faire partir sans votre accord, même si user de la force dans un cas comme celui-ci me répugne un peu.

— Avouez tout de même que c'est difficile à croire.

— Je n'ai jamais dit le contraire.

Ils restèrent silencieux. Jules réfléchit un long moment, pesant le pour et le contre, et se déclara finalement prêt à la croire. Eléonor posa l'index et le majeur sur le front de l'homme avant de marmonner un poème incompréhensible. La jeune fille regarda la silhouette de Jules s'estomper. Elle se leva et repartit en direction de son école.

— Encore une journée qui commence bien, râla-t-elle.

/

— Une fois de plus, vous êtes en retard ! tonna le professeur.

Eléonor baissa les yeux et s'assit à sa place, tandis que Richard Martin reprenait son cours. La jeune fille sortit ses affaires pour les disposer sur la table et leva les yeux vers le tableau pour recopier certaines notions philosophiques. Elle se figea et laissa échapper une exclamation plaintive.

— Oh non !

— Qu'est-ce qu'il t'arrive ? lui demanda sa voisine.

— Rien, rien.

Elle jeta un regard noir à la femme trempée qui se tenait derrière le bureau, assise à la place du professeur. L'eau semblait ne jamais s'arrêter de dégouliner sur elle et une flaque s'était formée à ses pieds. Parfois, Eléonor se demandait si les fantômes ne tenaient pas absolument à la faire passer pour folle. Elle fit comme si elle n'avait rien remarqué d'anormal et commença à prendre des notes, surveillant la femme du coin de l'œil. Cette dernière s'était levée et s'approchait lentement, l'air de rien. Floc, floc, floc. Eléonor entendait ses pas se rapprocher dans un chuintement des plus désagréables. Elle était assise au deuxième rang, il ne fallut pas longtemps à la créature pour l'atteindre. Cette dernière se pencha au-dessus de son épaule, mais Eléonor ne lui prêta aucune attention.

— Aidez-moi, murmura la femme.

Son désespoir était presque palpable.

Pas maintenant écrivit Eléonor sur le coin de sa feuille.

— Je comprends. Je vous demande juste de m'écouter. Je voudrais que vous me rendiez service.

Une chaîne venue de nulle part tomba sur la table. Eléonor la prit prestement et la glissa dans sa poche.

— C'est un présent pour ma fille. Je lui avais promis de le lui donner pour ses vingt ans, mais je me suis noyée dans un accident. On n'a malheureusement jamais retrouvé mon corps, elle n'a donc pu avoir ce bijou.

Eléonor hocha la tête, un peu à contrecœur, pour lui signifier qu'elle acceptait.

/

— C'est fini pour aujourd'hui.

Eléonor s'appuya sur le dossier de sa chaise en soupirant.

— Ah, enfin !

Elle se leva et vit que la femme se tenait toujours derrière elle, comme elle l'avait fait tout au long de la journée qui venait de s'écouler. Journée très pénible par ailleurs, si l'on se référait au nombre de gouttes d'eau glacée qui lui tombaient régulièrement sur le front. Elle l'ignora pendant qu'elle fourrait ses affaires dans sa besace et attendit Alice et Gabriel. Ils sortirent du lycée en bavardant et se dirigèrent vers l'arrêt du bus, qu'ils avaient loupé une fois de plus. Il ne leur restait plus qu'à marcher. Eléonor s'arrêta net au bout de quelques mètres et s'accroupit au milieu du trottoir, sous le regard étonné de ses amis.

— Qu'est-ce que tu fais là, toi ?

Elle avança la main vers un chaton caché dans un buisson qui lui renifla le bout des doigts. Il s'approcha lentement, prêt à s'enfuir au moindre geste brusque. Il était maintenant à portée de bras. Elle l'attrapa et le serra contre elle. Il n'était pas vieux, à en juger par sa taille. Elle se releva et le brandit vers le ciel, adoptant une posture digne d'un dessin animé. Elle eut un sourire attendri pour le chaton tigré noir et brun, avec une tache orange sur l'arrière de la tête.

— Je ne peux pas le garder, mon père ferait une crise. Tu le veux ?

Elle avait mis l'animal sous le nez de Gabriel et lui adressa un sourire charmeur.

— Pourquoi pas… Donne-le-moi.

Eléonor le lui fourra dans les bras, contente d'elle, un peu comme si elle venait de l'arnaquer. Le chaton bâilla et se pelotonna au creux du coude du jeune homme, tandis qu'ils repartaient en direction de la gare.

— Je pense que tu lui plais.

— Je pense aussi.

Alice le charria tout au long du chemin, et ils atteignirent bientôt la gare.

— Votre train arrive, leur fit remarquer Alice.

Eléonor et Gabriel échangèrent un bref regard et se mirent à courir.

— À demain ! s'exclama Alice en faisant un signe de la main.

Ils passèrent les tourniquets et grimpèrent quatre à quatre les marches qui menaient au quai.

— Je suis sûre que si on n'avait pas couru, on l'aurait eu quand même, dit Eléonor en montant dans le wagon qui venait de s'immobiliser devant eux.

Elle s'écroula sur un fauteuil et tenta de calmer sa respiration. Une mèche de cheveux lui tomba devant les yeux. Elle vit Gabriel lever les bras, sans doute pour la remettre en place, puis il se ravisa. Il tourna la tête vers la fenêtre et caressa la tête du chaton. Eléonor pensa en souriant que sa maniaquerie frappait une fois de plus. Il ne supportait pas qu'une étiquette dépasse, qu'un col soit mal plié, ou que le fermoir d'une chaîne soit visible. Tous les jours, elle avait droit à ses remontrances d'obsédé de l'impeccabilité.

Elle replaça la mèche rebelle.

— J'organise une soirée dans trois semaines. Tu viendras ?

— Bien sûr. On en reparle ce soir. Tu manges toujours avec nous ?

Il hocha la tête.

— Je descends ici, déclara-t-elle lorsqu'elle vit le fantôme de la noyée lui faire un signe, j'ai un rendez-vous. À ce soir !

Eléonor sortit du train, la morte toujours sur les talons.

— Où va-t-on ?

— Je vous montre le chemin.

Elles descendirent un nouvel escalier et disparurent dans un passage souterrain, puis elles réapparurent de l'autre côté des voies de chemin de fer pour longer la gare. Elles dépassèrent le café qui faisait le coin de la rue et tournèrent sur la droite. Il leur fallut ensuite marcher dans une rue bordée d'imposantes maisons de meulière.

— C'est un beau quartier.

— Oui… Je n'y étais pas revenue depuis l'accident.

La femme s'arrêta devant une maison et resta à l'observer, immobile au milieu de la route.

— Comment s'appelle votre fille ?

— Clotilde.

Eléonor poussa la grille et remonta l'allée bordée de fleurs. Elle grimpa les trois marches du perron et sonna à la porte. Comme personne n'ouvrait, elle crut que la maison était vide. Elle s'apprêtait à partir lorsque la porte s'ouvrit sur une jeune fille blonde d'à peu près son âge.

— Je peux vous aider ?

— On…

Elle fouilla dans sa poche. Elle détestait vraiment ces moments.

— On m'a demandé de vous remettre ceci.

Elle fourra la chaîne dans la main de la jeune fille et commença à s'éloigner.

— Qu'est-ce que… Attendez !

Eléonor fit la grimace et revint sur ses pas à contrecœur. Clotilde fixait le bijou, les larmes aux yeux.

— Qui vous l'a donné ? Vous avez vu ma mère ? Où est-elle ?

— Elle est… morte.

Le visage de Clotilde se figea.

— Tout ce temps… J'ai espéré…

Les larmes coulèrent sur ses joues et ses épaules furent bientôt secouées de sanglots.

— Je suis désolée, murmura Eléonor.

Elle fouilla dans sa besace et trouva un paquet de mouchoirs qu'elle tendit à la jeune fille avant de déclarer :

— Au revoir.

Elle se retourna et partit en courant, laissant la jeune fille en larmes sur le perron. Elle ne s'arrêta qu'une fois épuisée et jeta un coup d'œil aux environs. Elle ne se trouvait plus très loin d'un parc où elle aimait s'isoler en cas de coup dur.

Elle vérifia que la rue était déserte et lança son sac de l'autre côté de la grille rouillée qui entourait le parc à l'abandon. Ensuite, elle se hissa sur la clôture, passa par-dessus les piques qui se dressaient au bout des barreaux et se laissa tomber. Elle ramassa son sac et parcourut les allées envahies de mauvaises herbes. Ce qu'elle aimait dans ce lieu, c'était qu'il semblait être une part de jungle au milieu de la ville. Elle aperçut son banc. Elle l'épousseta et s'allongea dessus, prenant son sac pour oreiller.

— Si seulement je pouvais rester ici pour l'éternité…

Elle ferma les yeux et repensa à la jeune fille qui pleurait sa mère. Elle n'aurait pas dû la laisser comme ça. Mais c'était tellement plus simple de parler aux morts. Elle se sentait incapable, insensible de l'avoir plantée là avec son désespoir et de s'être lâchement enfuie.

— Il ne faut pas vous en vouloir.

Eléonor sursauta et tomba du banc de surprise, entraînant son sac dans sa chute. Son cœur battait la chamade et elle avait le souffle court.

— Vous voulez vraiment me tuer ! s'exclama-t-elle à l'adresse de la noyée.

— Je m'excuse. Je voulais vous remercier, mais vous êtes partie si vite.

— Je ne sais pas comment agir avec les vivants, j'ai l'impression d'être un oiseau de malheur.

— Vous avez fait beaucoup pour elle. Grâce à ce simple geste, elle pourra enfin faire son deuil. Maintenant, je pense que le moment est venu pour moi de partir.

— Pour ça, je sais quoi faire.

Elle ramassa les affaires renversées de son sac, se releva et nettoya ses vêtements.

— Prête ?

Un hochement de tête lui répondit et Eléonor répéta les mêmes signes de main que pour Jules. Elle posa deux doigts sur le front de la femme noyée et cette dernière disparut.

— Voilà qui est fait.

Elle songea qu'il était temps de rentrer chez elle, avant que son père n'arrive, et elle se dépêcha d'escalader la grille.

/

Yuno errait dans les couloirs de l'hôpital. Il faisait nuit, tout était sombre et silencieux. Il frôla une infirmière qui frissonna, soudainement glacée jusqu'aux os, elle ne savait pas pourquoi.

Le jeune homme décida qu'il ferait mieux de partir. Rien ne le retenait dans ce lieu sinistre. Les portes automatiques s'ouvrirent avec un chuintement qui fit lever la tête à un patient assis dans le hall vide. Le jeune homme leva la tête vers les étoiles et mit les mains dans ses poches. Où aller ? À gauche ? Ou bien à droite ? Il haussa les épaules et marcha droit devant lui. Il coupa la route, évitant de peu les voitures qu'il croisait. Il s'enfonça dans la ville endormie et suivit le chemin de ses pieds. Sans s'en rendre compte, il retourna chez lui et se retrouva devant une maisonnette blanche entourée d'un jardin bien entretenu.

Il y avait du monde à l'intérieur, il voyait une ombre bouger derrière les fenêtres de la cuisine. Il franchit la clôture en sautant aisément par-dessus, fit le tour de la maison, monta sur la terrasse et se posta derrière la baie vitrée qui donnait sur le salon. Il y vit sa mère et son frère qui dînaient en silence. Sa mère avait les yeux rouges, son frère n'avait pas touché à son assiette.

— Je m'excuse pour ce départ un peu précipité. Ce n'est pas vraiment ce que j'avais prévu.

Il s'arracha à sa contemplation et partit à pas lents, à contrecœur. De retour dans la rue, il s'éloigna puis s'arrêta pour jeter un dernier regard à ce qui, désormais, appartenait à son passé. Il soupira et poursuivit son chemin. À présent, il n'avait qu'une idée en tête : s'éloigner le plus possible de chez lui. Mais pour faire quoi ? Et aller où ? Il secoua la tête pour chasser ces pensées. Les nuits s'adoucissaient, le printemps arrivait enfin, après les neiges tardives de février et les grêles de mars. Ce n'était pas trop tôt. Il flâna jusqu'au lever du jour, et comme il commençait à se fatiguer, il s'arrêta. Il se sentait au bout du rouleau. Il regarda autour de lui pour voir où il se trouvait. Il avait longé un parc entouré de grilles rouillées et qui semblait à l'abandon. Il en chercha l'entrée et trouva un immense portail fermé par une lourde chaîne. Une plaque à moitié lisible lui indiqua qu'il se trouvait au parc « Jules César ». Il tira sur le cadenas qui retenait la chaîne, mais il était scellé par le temps passé sous les éléments. Il haussa les épaules et escalada le portail sans difficulté. Il atterrit légèrement sur les graviers de ce qui restait de l'allée et se promena un peu, ravi de sa découverte. Il repéra un banc isolé et s'y assit, les coudes posés sur les genoux, la tête dans les mains. Il fixa le sol, l'esprit occupé par de sombres pensées, jusqu'à ce qu'il remarque un livre qui avait glissé sous le banc. Il n'était pas là depuis longtemps, il n'était pas du tout abîmé. Yuno le ramassa et le feuilleta. C'était un roman, pas très épais. Il s'allongea sur le banc et se mit à lire.

/

Eléonor retourna son sac et le vida sur son lit.

— Mais qu'est-ce que j'en ai fait ?

Elle éparpilla ses affaires, mais il était évident que ce qu'elle cherchait n'était pas dans le tas. Elle se força à refaire mentalement tout le parcours de sa journée.

— Où est-ce que j'ai bien pu l'oublier ?

Elle fit la grimace.

— Ah ! Je me hais ! explosa-t-elle en donnant un coup de pied dans le vide.

Son doigt de pied s'écrasa sur le bord du lit et elle retint un hurlement de douleur. Elle tomba sur son sac vide et sentit quelque chose craquer sous son poids. Elle se souleva et découvrit un crayon cassé. Elle prit les deux morceaux et les lança dans la poubelle.

— Panier, soupira-t-elle, avant de se laisser retomber sur le dos, les bras en croix.

Une idée lui vint et elle se releva, dressant un poing victorieux vers le plafond.

— Dans le parc !

Elle rangea ses affaires dans son sac et décida d'y aller le plus tôt possible, en espérant qu'il ne pleuve pas d'ici là.

— Qu'est-ce qu'il y a dans ce parc ?

Elle sursauta et fit face à Gabriel.

— Oh, rien d'important.

Elle posa son sac sur le sol.

— Ton père n'est pas encore rentré ?

— Tu le connais. Il a dit qu'il rentrerait pour dix-neuf heures, alors ne t'attends pas à le voir avant vingt et une heures…

Comme pour la contredire, la porte d'entrée claqua et un homme d'environ cinquante ans fit son apparition. Eléonor ne lui ressemblait pas ; il était grand et maigre, son visage osseux, et ses cheveux étaient plus clairs que ceux de la jeune fille. Ils avaient cependant les mêmes yeux bruns presque noirs qui donnaient beaucoup de charme et de profondeur à leur regard.

— Gabriel ! Content de te voir, fiston ! Je me mets à l'aise et je prépare le repas.

Le jeune homme fixa Eléonor.

— Quoi ? fit-elle, innocemment.

— Vous vous êtes disputés ?

— Oui.

— Je vois. Tu m'as invité juste pour que je fasse la conversation à ton père.

— C'est vrai à vingt pour cent, avoua-t-elle. Mais c'est aussi parce que je t'aime bien, tu sais.

— Ben voyons. Me prendrais-tu pour un imbécile ?

— Parfois, je te trouve insultant.

La voix de son père leur parvint de la cuisine.

— On se calme, les jeunes.

Eléonor réprima son envie de lancer une réplique cinglante et alla s'asseoir sur son lit.

— Qu'est-ce qu'il s'est passé pour que vous en arriviez là ? (Elle garda le silence) Je ne comprends pas ton attitude...

— Ma mère est morte, le coupa-t-elle. Voilà ce qui est arrivé !

Gabriel ne sut que répondre et finit par proposer :

— On va mettre la table ?

Mercredi 14 Avril

Yuno s'était endormi sur le banc, le livre posé sur la poitrine, une main pendant sur le côté, l'autre bras cachant sa figure. Il s'éveilla en entendant des bruits de pas approcher vers lui et il tourna la tête pour voir qui venait. C'était une jeune fille assez jolie, de petite taille. Elle avait de longs cheveux auburn dont une frange asymétrique dissimulait en partie les yeux. Il ne bougea pas, pensant qu'elle ne le verrait pas.

— Rends-moi mon livre s'il te plaît, lui dit-elle en désignant le roman ouvert qui reposait sur son torse.

Il le prit, surpris et lui tendit.

— Merci.

Eléonor fourra le livre dans son sac, jetant de temps à autre des coups d'œil furtifs au jeune homme. Il était tout à fait à son goût, pensa-t-elle avant de rougir. C'était un Asiatique mince et de taille moyenne. Ses cheveux noirs étaient un peu longs, savamment coupés pour qu'une mèche tombe élégamment sur son front. Il avait deux boucles à l'oreille gauche, et un tatouage dans le cou. Il portait un pantalon noir, une chemise rayée sous un gilet noir, et une cravate blanche. Sa veste était posée sur le dossier du banc. Eléonor se demanda comment engager la conversation. Cela ne faisait pas partie de ses habitudes, mais le jeune homme paraissait si parfait que c'en était irréel. Elle ne pouvait pas le lâcher comme ça. Il fallait absolument qu'elle trouve quelque chose à dire… Et vite !

— Tu…, commença-t-elle.

— Tu viens souvent ici ?

— Oui. Je me suis attribué ce banc.

— Ah… Si ça ne te dérange pas, je vais te l'emprunter quelque temps.

— Fais-y attention, je t'aurai à l'œil.

Il s'assit pour enfiler sa veste et elle lui fit face.

— Tu n'as nulle part d'autre où aller ?

— Pour le moment, non.

Le portable de la jeune fille sonna. Elle le sortit de sa poche et décrocha.

— Oui ? Non ça va, j'aurai un peu de retard. Préviens le prof. Merci.

Elle raccrocha. Au même moment, le visage du jeune homme changea de teinte. Il fit la grimace et eut un haut-le-cœur.

— Ça ne va pas ?

Avant de pouvoir dire le moindre mot, ou de faire le moindre geste pour se tourner, il se plia en deux pour vomir. Eléonor se tenait devant lui et elle n'eut pas le réflexe de se reculer.

— Erk.

— Désolé…

— Non, non, ne t'excuse pas, dit-elle précipitamment pour se rattraper. Tu n'y peux rien.

Il s'était accroupi, visiblement au plus mal, et elle se baissa, inquiète, pour regarder son visage. Il mit la main devant sa bouche et tenta de se détourner. Eléonor ferma les yeux, le visage crispé et tordu en une moue dégoûtée.

— Tu le fais exprès, ce n'est pas possible ! Oh, pardon…

Elle farfouilla dans son sac et en extirpa un paquet de mouchoirs à moitié vide. Elle essuya délicatement la bouche du garçon et leurs regards se rencontrèrent. Il avait des yeux magnifiques, en forme d'amande parfaite. Eléonor resta pétrifiée. La tension entre eux était presque palpable. Elle s'arracha à l'emprise du jeune homme et s'éloigna vers une fontaine. Elle tourna une manivelle et nettoya la manche de sa veste et le bout de ses chaussures. Contre toute attente, aucune horrible odeur ne vint lui chatouiller les narines et, une fois nettoyée, sa veste ne garda aucune trace de salissure.

— Tu te sens mieux ?

— Oui, merci. Je m'excuse…

Elle sourit.

— Je dois y aller, mais je ne te laisserai pas, si ça ne va pas…

— Je vais bien.

— Contente de t'avoir rencontré.

Elle courut jusqu'à la grille, l'escalada et continua sa course dans la rue. Elle courait moins pour avoir un train que pour fuir le jeune Asiatique qui l'avait subjuguée en à peine quelques minutes.

— Dis donc, tu es plutôt rapide pour une fille.

Elle s'arrêta net.

— Pourquoi est-ce que tu me suis ? s'insurgea-t-elle, même si au fond, elle était ravie d'être poursuivie par un si beau garçon.

— Tu… Tu me parais… intéressante.

Elle haussa les sourcils, peu convaincue.

— J'espère que tu es rapide, toi aussi, parce qu'on a un train à prendre.

Encore une fois, Eléonor monta dans le train *in extremis*. C'était son sport favori. Elle reprit son souffle, accrochée à la barre en métal placée près des portes.

— Au fait, dit-elle entre deux inspirations. Tu ne m'as pas dit ton nom.

— Yuno. Et toi, c'est Eléonor, non ?

— Comment tu le sais ?

Un homme assis sur un strapontin lui jeta un œil curieux.

— C'était marqué sur la page de garde du roman.

— Une manie stupide. C'est ici que je descends.

Elle sentit les regards des passagers brûler sa nuque et elle se demanda pourquoi on l'observait comme si elle était folle à lier. Elle sauta sur le quai et plongea dans le souterrain. Elle réapparut quelques secondes plus tard dans la rue d'en face, où elle se remit à courir. À mi-parcours, elle fit une pause en marchant, puis repartit. Le pion du lycée lui fit montrer sa carte et la laissa entrer après l'avoir tancée pour son retard. Elle dut encore traverser l'immense cour, Yuno toujours sur ses talons.

— Comment as-tu fait pour entrer ? lui demanda-t-elle.

— C'est un secret, dit-il avec un sourire énigmatique.

Elle haussa les épaules, comme si ça n'avait pas d'importance. Encore un escalier puis elle s'engouffra dans un long couloir et entra dans la dernière salle.

— Incroyable ! Tu es arrivée avant le prof ! s'exclama Gabriel, sincèrement impressionné. Ce doit être la première fois depuis le début de l'année.

— Tu exagères. C'est la cinquième fois.

— Au temps pour moi, s'esclaffa-t-il. Mais n'en tire aucune gloire, le professeur est juste plus en retard que toi.

Elle déposa ses affaires au pied de sa chaise et ôta sa veste. Personne ne faisait attention à Yuno, négligemment appuyé au chambranle de la porte pour observer l'ensemble de la salle de classe. Pourtant il était si beau qu'il aurait dû susciter un minimum de gloussements et de bavardages. Pas une seule des filles ne regardait dans sa direction, comme s'il était transparent.

— Un fantôme ! s'exclama-t-elle, coupant au passage la parole à Alice.

Ses amis s'interrompirent et la regardèrent, surpris.

— Pardon, dit-elle en rougissant, gênée par tous les regards braqués sur elle. Oubliez ça.

Ils reprirent rapidement le cours de leur conversation, habitués aux bizarreries de son comportement.

Elle vit que Yuno l'observait avec un sourire en coin. Elle réprima une forte envie de le gifler et s'assit à sa place, à moitié boudeuse. Le professeur fit son apparition, tous les élèves regagnèrent leur chaise et le silence se fit.

— L'idée de Descartes est que nous connaissons Dieu par la raison, mais nous ne le pénétrons pas de part en part…

Eléonor prenait ses notes sans vraiment écouter monsieur Martin, son professeur de philosophie. Elle surveillait Yuno, elle ne savait pas vraiment pourquoi. Il se tenait toujours près de la porte, les bras croisés sur la poitrine, et il ne bougea pas pendant près d'un quart d'heure.

— Je sens que je vais m'amuser, dit-il en marchant jusqu'au tableau. Je peux ?

Tu penses vraiment que je vais te répondre ?

Cependant, Eléonor ne réagit pas. Elle essayait de cacher son impatience en attendant de voir ce que le jeune homme allait faire. Il prit une craie, la lança deux ou trois fois en l'air pendant qu'il réfléchissait, puis il se mit à tracer des lignes sur le tableau.

Eléonor regarda autour d'elle. Tous les élèves avaient la bouche ouverte et les yeux agrandis par la stupeur. Le professeur, absorbé par les théories de Descartes, ne remarqua pas que le brouhaha permanent avait laissé place au silence. Il tournait le dos au tableau et marchait d'un pas lent vers le fond de la classe. Il fit un brusque demi-tour pour noter une notion importante et s'arrêta net devant le spectacle de la craie volante qui dessinait son portrait.

— Incroyable !

Le charme se brisa, la craie tomba et roula sur le sol.

Yuno s'essuya les mains sur son pantalon.

— Fort intéressant… J'ai bien envie de revenir pour recommencer.

Eléonor ouvrit la bouche pour lui répondre puis elle se ravisa avant de passer pour une folle et de finir à l'asile. Il la salua d'un signe de main et sortit d'un pas nonchalant. Pour les autres, la porte s'ouvrit toute seule en grinçant. Un courant d'air glacé s'engouffra dans la salle de la classe et la porte claqua violemment. Tous sursautèrent et personne ne dit mot pendant un long moment. Eléonor brisa le silence. Elle leva la main et demanda si elle pouvait sortir. Elle courut pour rattraper Yuno, mais il avait disparu. Elle descendit les escaliers et poussa la porte qui donnait sur la cour. Personne.

— C'est moi que tu cherches ?

Elle laissa échapper un cri de surprise et se tourna.

— Tu m'as fait peur !

Il se tenait derrière elle, les mains dans les poches, la dominant de toute sa taille.

— Je crois que je vais faire un excellent esprit malin.

Eléonor sourit au souvenir de la scène de la craie.

— Je n'ai pas tout de suite vu que tu n'étais pas humain.

— J'ai remarqué.

— Ceux que je rencontre d'habitude sont moins bien conservés que toi, alors je me rends rapidement compte de ce qu'ils sont.

— Alors comme ça, tu vois les fantômes…

— Oui.

— Et ça te sert dans la vie ?

Elle ne répondit pas.

— Je vois… Tu es la bonne poire à qui ils peuvent pourrir la vie sans se soucier des conséquences.

— Je…

— Oh, je me comprends dans le lot. Bon, peut-être à un de ces jours ! lança-t-il en la quittant.

— Attends !

Elle resta à regarder la silhouette s'éloigner, se sentant un peu étrange, en proie à des sentiments contradictoires. Euphorie d'avoir attiré l'attention, déception du départ du jeune homme.

— Et tu ne me parles pas comme ça ! s'indigna-t-elle à retardement.

/

Comme tous les midis, le temps se suspendit dans la cantine à l'arrivée de Gabriel, Eléonor et Alice. Les trois amis étaient l'attraction locale. L'intello coincé, le garçon manqué asocial, et la punk déjantée. Joli trio. Ils n'étaient pas du tout assortis et pourtant ils étaient inséparables. La cantine reprit vie sans qu'aucun d'eux ait remarqué un quelconque changement dans le comportement de leurs condisciples. Gabriel posa son plateau sur une table. Il y fut rejoint par deux autres et les trois amis s'assirent.

— Bon appétit.

Gabriel fit la grimace en examinant le contenu de son assiette.

— Qu'est-ce que c'est ?

— Mange sans te poser de questions. Si jamais on découvre que tu as identifié les divers composants d'un plat, des agents secrets déguisés en pions seront obligés de te tuer.

— Cette cantine doit être la pire qui ait jamais existé.

Alice mâchonna un bout de pain et déclara :

— Vous en pensez quoi, de ce qu'il s'est passé ce matin ?

— C'était incroyable !

— Les fantômes existeraient vraiment ?

— Ne raconte pas n'importe quoi. C'est un canular, c'est évident.

— Si c'est un canular, mais je n'y crois pas, il était très bien fait.

Eléonor s'amusait beaucoup à entendre leur débat, elle qui connaissait la vérité.

— Et toi, Eléonor ? Tu en penses quoi ? fit Gabriel, pensant qu'elle serait d'accord avec lui.

— Je penche pour l'hypothèse du fantôme.

— Tu as des preuves de ce que tu avances ?

— Bien sûr ! C'est un de mes amis qui est venu nous dire bonjour. (Elle planta sa fourchette dans un pavé recouvert de chapelure et reposa la question de Gabriel) Qu'est-ce que c'est ?

— Un cordon-bleu.

Elle parut sceptique.

— Tu en es sûre ?

— À vrai dire… Non.

— Pour en revenir à ce matin. Comment ça pourrait être un canular ?

— Tu penses que ça peut recommencer ?

— Pourquoi pas…

Alice eut un sourire.

— Vous pensez qu'on peut passer commande ?

/

Eléonor fit quelques pas sur le quai et s'arrêta net.

— Toi !

Yuno fit un V avec ses doigts, assorti d'un large sourire.

— Qu'est-ce que tu veux ? fit-elle sur un ton excédé, en passant devant lui.

— Rien de spécial… Je traînais.

Eléonor continua comme si elle n'avait rien entendu.

— D'accord. Je t'attendais.

Elle regarda autour d'elle pour vérifier qu'ils étaient bien seuls. Le quai avait été déserté par les passagers qui étaient descendus en même temps qu'elle.

— Tu es resté là toute la journée ? demanda-t-elle avec un sourire.

— Oui. Mais le temps passe vite quand on est mort. J'avais quelques questions à te poser.

Le sourire de la jeune fille retomba et elle repartit d'un pas rapide.

— Bien entendu. Ce ne sont pas mes beaux yeux que tu voulais voir.

— Attends, ne te fâche pas.

Il marcha à côté d'elle en silence puis il déclara :

— Si j'étais vivant, je t'aurais invitée à prendre un verre, tu sais.

— Ça va, ne te fatigue pas. Un garçon comme toi ne regarde pas une fille comme moi. Je me contenterai de me faire raccompagner. Tu vois, je ne suis pas très exigeante. Dépêche-toi de les poser, tes questions.

Il se pencha en avant pour saisir l'expression du visage d'Eléonor.

— Tu boudes ?

— Pas du tout. Dis ce que tu as à dire ! grogna-t-elle.

— D'accord. Comme tu dois t'en douter, je trouve étrange que tu puisses voir les morts.

— Ah ça... Je ne me l'explique pas non plus. C'est un des mystères de la nature. Certaines personnes naissent avec des capacités sortant de l'ordinaire, d'autres non.

— Qu'est-ce que ça t'apporte ?

— Des ennuis. En général, ça me pourrit la vie, comme tu le dis si bien. Aider les morts n'est pas une tâche facile, ils n'ont aucune considération pour la vie, ma vie. Il semble qu'il leur tient à cœur de me faire passer pour folle. Mais quelquefois, ça m'apporte une certaine satisfaction...-

— Comment les aides-tu ?

— Je suis une clef, une porte, appelle ça comme tu veux. Je les envoie dans un autre monde, où ils ont leur place.

— Pourquoi ?

— Parce que j'en ai le pouvoir. Certains ne supportent pas de rester parmi les vivants. Ils deviennent fous, parfois mauvais. Ils font alors des choses terribles, un peu comme dans les mauvais films d'horreur. Je ne sais pas si tu as entendu parler de deux ou trois morts étranges ces derniers jours…

— J'ai été témoin de la strangulation.

— Tous ces gens étaient comme moi. J'habite ici.

Yuno leva le nez et contempla l'immeuble blanc qui se dressait devant lui, non loin du centre-ville.

— C'est sympa.

— Tu veux entrer ?

Il parut surpris par l'invitation.

— Pourquoi ?

Elle lui donna une tape sur l'épaule.

— Je n'ai pas fini de tout te raconter. Et si je me souviens bien, tu n'as nulle part où aller puisque je t'ai dû te céder mon banc.

Ils pénétrèrent dans le hall carrelé et montèrent jusqu'au troisième étage. Eléonor retourna son sac pour trouver ses clefs, tombées au fond, puis elle le fit entrer.

— Tu peux t'installer dans le salon.

Elle s'engouffra dans le couloir et alla poser, ou plutôt jeter, son sac dans sa chambre. Yuno la suivit discrètement et s'invita dans la pièce.

— Tu as bon goût. Je suis impressionné.

Elle sursauta.

— Arrête de faire ça ! Tu m'as fait peur… Pourquoi es-tu impressionné ? C'est mon bon goût naturel qui s'exprime.

Elle regarda ses vêtements.

— Ça ne correspond pas au look, c'est ça qui te dérange ?

Yuno s'assit sur le bord du lit en riant et jeta un œil à la décoration. La pièce était assez grande pour contenir un lit double, un placard qui occupait tout un pan de mur, et un bureau. Les murs étaient blancs, les meubles noirs et dans un style très épuré. Yuno s'attendait à voir des affiches de rock stars, comme dans n'importe quelle chambre d'adolescent digne de ce nom, il fut déçu.

— Si tu rangeais un peu, ça serait parfait.

— Mais c'est rangé, là.

— Ah… Tu es sûre ?

Il avait l'air peu convaincu, alors qu'il observait les piles de livres qui traînaient sur le sol et les quelques vêtements éparpillés sur le lit.

— Ce que tu peux être désagréable, soupira-t-elle.

Elle se sentait bizarrement à l'aise en sa compagnie.

— Tu vis seule ici ?

— Ma mère est morte, je vis avec mon père. Il est à un séminaire, il revient dans quatre jours.

Yuno hocha la tête et ils restèrent silencieux un long moment.

— Tu étais en train de parler des mauvais esprits…

— Hein ?

Elle était en train de rêvasser, comme elle le faisait souvent.

— Ah oui ! En général, les fantômes sont des âmes perdues qu'il faut aider. Certains ont une mission qui les retient sur Terre, puis ils s'en vont lorsqu'ils l'ont accomplie. Et la dernière catégorie est la pire de toutes. Ces fantômes sont mauvais, ils ne cherchent qu'à tuer, faire souffrir et torturer.

Elle hocha la tête, comme si ce qu'elle disait lui rappelait de mauvais souvenirs.

— Ceux-là sont effrayants.

— Tu en as déjà croisé ?

— Oui.

Elle remonta sa manche et lui montra une longue et fine cicatrice qui courait du creux de son coude jusqu'à son poignet.

— Depuis, mon père croit que je suis une délinquante, surtout qu'il m'arrive de temps en temps de rentrer couverte de bleus.

Elle s'assit en tailleur dans un fauteuil placé devant la fenêtre et demanda, mine de rien :

— De quoi es-tu mort ?

— Il semblerait qu'on m'ait empoisonné.

— Qui a fait ça ?

— Aucune idée.

— Tu as été assassiné… C'est intéressant. Si tu es encore là, c'est que tu veux trouver le responsable. Qu'est-ce que tu comptes lui faire ?

— Je ne sais pas. Tout dépend de qui a fait ça. Et pourquoi.

— Si tu as besoin d'aide, fais-moi signe.

— Pour rejoindre les cohortes de ceux qui te pourrissent la vie ? Non merci, je me débrouillerai seul.

Elle haussa les épaules comme si elle s'en fichait. Un horrible gargouillement se fit entendre et le visage d'Eléonor devint rouge. Yuno baissa la tête pour rire.

— Il faut que j'aille manger, s'excusa-t-elle.

Ils se rendirent dans la cuisine. Elle ouvrit le réfrigérateur et en sortit une boîte qu'elle plaça dans le micro-ondes.

— Tu faisais quoi dans la vie ?

— J'étais dans une école d'art, mais je n'étais pas très assidu.

— Tu dessinais bien ?

— On me disait que oui. J'étais aussi dans une troupe de danseurs amateurs.

Une vision fugitive du jeune homme en collants moulants traversa l'esprit d'Eléonor. Yuno parut lire dans ses pensées, car il ajouta :

— Moderne, la danse.

Il leva la tête vers la pendule.

— Il faut que je te laisse.

— Tu as un rendez-vous ? se moqua la jeune fille.

— On peut dire ça.

Il fit un signe de main et lui tourna le dos. Après qu'il fut parti, Eléonor resta songeuse, appuyée contre la table. La sonnerie stridente du micro-ondes lui parvint et elle soupira en prenant son plat. Elle se brûla le pouce et la boîte tomba sur le sol, rebondit et déversa son contenu sur le carrelage.

— Zut.

/

Yuno s'était inventé l'excuse du rendez-vous pour se rendre intéressant. En réalité, il n'avait nulle part où aller et personne à voir. Il n'alla pas loin et regarda la silhouette d'Eléonor s'agiter derrière les rideaux de la chambre. Il sourit. Il la trouvait bien sympathique. Il tourna les talons et fit quelques pas.

— Excusez-moi, jeune homme.

Yuno s'arrêta, étonné. D'autres qu'Eléonor pouvaient le voir ? Un homme qui avait l'air âgé avançait vers lui avec toutes les peines du monde. Il portait un pyjama rouge à fines rayures blanches. Le jeune homme se dit qu'il faisait face à un farfelu.

— Vous... Vous pouvez me voir ?

Le vieil homme parut déconcerté.

— Bien sûr que je le peux. Sinon pourquoi diable vous poserais-je une question ?

— Alors, vous aussi vous êtes mort ?

— C'est fort probable. Vous connaissez la gamine qui voit les esprits ?

— Cela se pourrait.

— Conduisez-moi à elle.

/

Eléonor alla ouvrir la porte d'entrée et tomba nez à nez avec Yuno.

— Et ton rendez-vous ?

— Annulé. J'ai rencontré quelqu'un sur le chemin.

Il chuchota à son oreille.

— Tu ne vas pas l'aimer. Il est un peu autoritaire.

— Tu en as d'autres des surprises comme ça ?

— Tu n'as pas idée.

Eléonor fit entrer les trouble-fête dans le salon. Le vieil homme s'installa dans un fauteuil et, avant qu'on l'invite à parler, il entama un récit qui sembla interminable à Eléonor. Elle était fatiguée, perdit plusieurs fois le fil et faillit s'endormir à deux reprises.

— Vous m'écoutez ? s'emporta-t-il en la voyant piquer du nez.

Son ton impérieux commençait à être agaçant.

— Venez-en au fait, répondit-elle.

Il s'avéra qu'il ne savait pas comment faire pour partir. Eléonor le fit disparaître en moins de temps qu'il ne fallait pour le dire.

— J'en ai marre ! s'exclama-t-elle.

— Un cas difficile ?

— Un imbécile. Il se croit supérieur à tout le monde, même à ceux qui peuvent lui venir en aide.

Elle fixa Yuno sans rien dire et il passa une main sur sa figure.

— J'ai quelque chose sur le visage ?

— Non, je me demandais si je devais t'héberger ou pas.

— Tu ferais ça ?

— En règle générale, j'évite. Règle numéro un, ne jamais créer de liens avec les esprits.

— Pourquoi ?

— Ça paraît évident. S'attacher à une personne qui est morte peut s'avérer compliqué.

— Je vois.

— Un jour, ma mère m'a présenté quelqu'un qui avait les mêmes capacités qu'elle. Christine était amoureuse d'un marin qui s'était noyé en 1967. Elle était prête à tout pour être avec lui.

— Elle s'est suicidée ?

— Elle a échoué... Ce fut difficile pour elle de revenir à la raison. Cette épreuve l'a sans doute rendue plus forte, mais mieux vaut éviter de faire les mêmes erreurs... Bon, soyons fous, je te prête mon canapé pour quelques jours, en attendant que tu trouves mieux. Installe-toi comme tu veux, moi j'ai du boulot.

Elle l'abandonna à son sort dans le salon et s'enferma dans sa chambre. Yuno vit la lumière qui filtrait sous la porte s'éteindre après un long moment.

Il venait de faire là une bien étrange rencontre…

Vendredi 16 Avril

12 h 23... Encore trente-sept minutes... Eléonor s'affala à moitié sur sa table, découragée et affamée.

12 h 26... Pourquoi le temps passait-il si lentement ? Parfois, elle avait même l'impression que les aiguilles de la pendule s'amusaient à reculer. Elle jeta un œil à Jacques Fancher, qui déambulait de long en large dans la classe en dictant son cours d'une voix monocorde, et laissa tomber sa tête sur la table, épuisée par cette cinquième heure de cours. Elle détestait vraiment ce bonhomme dégarni, imbu de lui-même et aigri, qui déversait son mépris dans ses leçons de géographie qui n'intéressaient malheureusement que lui.

Le grincement de la porte se fit entendre, sans doute dû à l'un des nombreux courants d'air qui parcouraient le lycée.

— Il n'a pas fini sa phrase, fit remarquer Alice, la pointe de son stylo suspendue au-dessus de sa feuille.

— Pardon ? demanda Eléonor, qui n'avait pas suivi.

Tous les regards se braquèrent sur le professeur qui restait immobile. Sa feuille tremblait dans sa main et ses yeux étaient écarquillés. Eléonor comprit de quoi il retournait lorsqu'elle vit Yuno assis sur le bureau, l'air content de lui.

— Tu penses qu'il ferait une bonne victime ?

Eléonor confirma d'un hochement de tête.

— Amuse-toi bien.

Fancher avait repris sa dictée, mais il paraissait troublé. Sa lecture était hésitante, il bégayait presque. Yuno se laissa glisser du bureau et s'approcha à pas de loup, précaution inutile pour quelqu'un de son état. Il se planta derrière le professeur et lui souffla dans le cou. Le souffle glacé saisit Fancher, qui frissonna et s'immobilisa à nouveau. Il se retourna vivement à la recherche de son persécuteur. Bien évidemment, il ne vit personne et loupa la superbe grimace que lui adressa le jeune homme.

— Qui a fait ça ? demanda-t-il aux élèves ébahis.

Yuno lui donna une tape sur l'épaule et le professeur se mit à tourner sur lui-même, aux aguets.

— Cela se paiera. Je trouverai le coupable.

— Cela m'étonnerait beaucoup, s'amusa Yuno.

Il fit courir un doigt fin sur la joue de l'homme.

— Le cours est terminé.

Fancher rangea ses papiers à la va-vite dans sa sacoche et courut hors de la classe. Il trébucha sur la jambe tendue d'un élève, se rattrapa et s'éloigna à grands pas.

— Dis donc, il prend vite la mouche, fit Yuno, visiblement déçu par ce départ précipité.

— Il se passe des choses bizarres par ici, dit Gabriel en rejoignant Eléonor. Je ne le pensais pas si fragile nerveusement.

— Personnellement, j'ai trouvé ça drôle. Je me demande ce qui a bien pu lui passer par la tête.

— Troubles psychiatriques, avança Alice.

— Paranoïa, répondit Eléonor.

— Il s'est échappé de l'asile, trancha Gabriel.

/

Si l'on se référait à l'horrible moment qu'Eléonor venait de passer, Jacques Fancher s'était très bien remis de ses frayeurs. Sa colle avait été catastrophique, une vexation de plus. Il lui avait donné un sujet intraitable et lui avait si bien tiré les vers du nez qu'elle s'était sentie plus humiliée que jamais. Eléonor rentra la tête dans les épaules. Il faisait froid subitement. La nuit venait de tomber, elle n'était pas rassurée. Elle crut entendre des pas derrière elle. Elle tourna la tête, mais ne vit personne. Elle accéléra tout de même l'allure. Un homme surgit alors devant elle. Surprise, elle bondit en arrière. Elle ne voyait pas son visage. Il avança dans la lumière d'un réverbère et elle se mit à hurler d'horreur. Sa figure n'était plus qu'une bouillie de chair, d'os et de sang. Aucun trait humain ne subsistait sur ce visage arraché. Il la fit taire en la prenant à la gorge. Elle sentit les doigts froids se serrer autour de son cou comme un étau. Elle voulut détourner la tête, écœurée par le spectacle que donnait cette caricature de face humaine dont même le nez manquait. Elle donna à l'homme un coup de pied à l'entre-jambe et il la lâcha en grognant. Elle tomba à genoux et se releva sans reprendre son souffle, pour fuir son agresseur. L'autre la suivit. En quelques enjambées, il la rattrapa et la saisit par la manche. Il la frappa deux fois à l'estomac et elle tomba face contre terre en se tenant le ventre. Elle toussa avant de se remettre debout et cogna l'homme au coin de ce qu'elle pensait être la bouche. Elle eut le temps de l'atteindre encore deux fois avant qu'il ne la projette au sol d'un coup de pied. Elle resta étendue sur le dos, incapable de bouger. L'homme se pencha sur elle et elle vit briller un objet dans sa main. La lame d'un couteau refléta la lumière diffusée par un lampadaire et glissa lentement sur la joue de la jeune fille. Elle tenta de repousser le bras de son agresseur en saisissant son poignet, mais la lame descendait inexorablement vers sa gorge. Soudain, une ombre plongea sur l'homme au visage inexistant et il roula sur le sol. Eléonor entendit des bruits de lutte puis des pas qui s'éloignaient précipitamment. Elle s'assit et vit que Yuno était agenouillé à ses côtés.

— Tu vas bien ? demanda-t-il.

— Oui, si on veut.

Elle tremblait comme une feuille et ne parvenait pas à se contrôler.

— J'ai bien cru que cette fois, c'était fini.

— Ne dis pas n'importe quoi.

— J'ai vraiment eu peur.

Il hésita avant de la prendre délicatement dans ses bras et de la serrer contre lui. Eléonor se raidit, prête à se dégager, puis elle se laissa aller et posa sa tête sur le torse du jeune homme. Quelle sensation étrange… Il avait beau être mort, elle pouvait sentir sa douce chaleur et son délicieux parfum. C'était agréable de pouvoir se reposer sur quelqu'un…

/

Gabriel jouait avec Nao. Le chaton faisait des petits bonds dans tous les sens sous le regard amusé du jeune homme. Son portable sonna et il abandonna l'animal pour prendre l'appareil sur son bureau.

— Oui ?

— C'est Eléonor.

— Qu'est-ce qui se passe ? Tu vas bien ?

— Je vais être absente quelques jours…

— Tu es malade ?

— Euh… Oui, c'est ça.

— Prends soin de toi. Je passerai te donner les cours.

— Merci.

Eléonor raccrocha. Elle ferma le robinet de la baignoire et abandonna ses vêtements pour se plonger dans l'eau mousseuse d'un bain chaud.

— Ça t'arrive souvent ?

Yuno se tenait sans doute derrière la porte pour lui parler.

— Me faire agresser ? Souvent est un grand mot. C'est déjà arrivé et je ne peux rien y faire. Je ne sais pas qui ils sont, ni ce qu'ils veulent. Tu ne pensais tout de même pas que j'allais appeler la police ?

— Non, ils t'enfermeraient à l'asile.

Il parut réfléchir un instant et ajouta en ouvrant la porte :

— Après tout, tu y as peut-être ta place.

— Sors d'ici ! cria-t-elle, furieuse et gênée, en se réfugiant sous la mousse. Va-t'en ! Et ne reviens pas !

— Tu es sûre ? Ma gueule d'amour ne va pas te manquer ?

— Au contraire ! Je ne supporte plus de voir ta sale tête !

— Menteuse, répondit-il en sortant, un léger sourire sur les lèvres.

Lundi 19 Avril

Eléonor était avachie dans le canapé du salon, une télécommande dans une main, un morceau de chocolat dans l'autre. Tout son corps était douloureux. Elle souleva son t-shirt et grimaça à la vue des bleus naissants qui couvraient son ventre. On frappa à la porte. Elle abandonna la télécommande et fourra le chocolat dans sa bouche, avant de se diriger vers l'entrée en traînant des pieds.

— Oh, salut.

Gabriel se balançait d'un pied sur l'autre sur le palier.

— Entre.

Eléonor le poussa dans le salon et observa le désordre qui y régnait d'un œil critique. Elle prit soudainement conscience que l'état de la pièce reflétait le sien. Heureusement, Gabriel la connaissait depuis longtemps et n'avait pas l'air d'avoir remarqué qu'elle portait un vieux jogging avec des grosses chaussettes, et un t-shirt dont le col détendu tombait sur son épaule.

— Euh…

Elle s'empressa d'éteindre la télévision et de ranger un peu.

— Ne t'en fais pas pour ça, la rassura-t-il.

Il s'assit et sortit un paquet de feuilles de son sac.

— Voici mes cours. Je te les laisse.

— On a eu des notes ?

— Oui, en littérature. Tu as eu sept.

— Oh, c'est plutôt bien.

Elle prit sa copie pour jeter un œil au commentaire constructif du professeur et la laissa tomber sur la table basse.

— Tu veux bien me tenir compagnie ? Mon père est encore en déplacement et je me sens un peu seule.

— Bien sûr, il n'y a aucun problème.

Elle s'assit à côté de lui et ralluma la télévision.

— Comment va le chaton ?

— Très bien. Elle s'appelle Nao. C'est une vraie folle, elle fait n'importe quoi.

— Tu veux du chocolat ?

Il acquiesça. Elle cassa quelques carrés qu'ils dégustèrent en silence. La tête d'Eléonor tomba sur l'épaule de Gabriel. Il la regarda, surpris. Il aperçut alors les marques mauves qui marbraient sa gorge. Il frissonna puis fronça les sourcils. Eléonor avait prétexté une maladie, mais la réalité était tout autre.

— Tu ronfles, dit-il pour tester sa réactivité.

Elle marmonna une réponse, mais ne bougea pas.

— D'accord, je te laisse dormir.

Il se demanda ce qui lui était arrivé jusqu'à ce que le jour se mette à tomber, puis il se leva. Il l'allongea et ramassa son sac. Il enfilait son manteau lorsqu'il sentit une présence derrière lui. Il se retourna, mais il n'y avait personne. Les aventures de Fancher lui montaient à la tête. De quoi pouvait-il avoir peur ? Il se moqua de lui-même et sortit, après avoir jeté un dernier regard à la silhouette endormie sur le canapé.

Mardi 20 Avril

Eléonor flânait dans les allées du parc à l'abandon. Elle ferma les yeux, tandis qu'un vent tiède caressait son visage. L'air sentait bon le printemps.

— Je t'ai trouvé !

Yuno releva la tête et haussa les sourcils d'étonnement. Il était assis par terre, adossé à un arbre.

— Je ne me cachais pas. Je croyais que tu ne voulais plus me voir…

— Est-ce que tu as vu quelque chose dans la salle de bains ?

Il sourit et détourna le regard.

— Non.

— Dans ce cas, je lève la sanction. C'est ici que tu viens quand tu as un rendez-vous ?

— Oui. J'aime l'atmosphère de ce parc. Je comprends pourquoi tu y es attachée.

Eléonor jeta un regard à la végétation un peu folle qui les entourait.

— Ici, on ne se sent pas étranger, dit-elle comme pour elle-même. Il faut que je te remercie. Tu… Tu m'as sauvé la vie.

— Ah… Il n'y a vraiment pas de quoi. Ce n'est pas comme si j'avais pris des risques.

— Tu l'as fait, c'est tout ce qui compte. (Elle ajouta, mine de rien) Comment avancent tes recherches ? Tu as besoin d'aide ?

— Comme si tu n'avais pas assez d'occupations.

— Avoue-le, tu n'as rien trouvé.

— Tu ne sais même pas de quoi tu parles ! s'emporta le jeune homme.

— Je vois. Monsieur a ses petits secrets. Je te rappelle que tu es mort. À quoi ça te sert, toutes ces cachotteries ?

Il ne répondit pas. Sa colère retomba lorsqu'il vit le visage souriant de la jeune fille. Elle ne cherchait qu'à le titiller.

— Ne sois pas bête. Tu sais, j'ai tellement vu et entendu d'horreurs que tes histoires ne me feront pas peur. Une fois, un serial killer américain est venu me trouver. Il regrettait ses crimes et voulait se faire pardonner. Il m'a tout dit : comment il choisissait ses victimes, les tortures qu'il leur infligeait, où étaient dissimulés les cadavres que l'on n'avait pas retrouvés. J'en étais malade.

— Je ne voudrais pas que l'opinion que tu as de moi dégringole dans ton estime. Et puis, c'est trop dangereux, bougonna-t-il.

— Pourquoi ? Tu étais un truand ?

— Moi ? Non. Mais j'en fréquentais et ça m'a sans doute tué.

— Vraiment ? Pourquoi es-tu là à te morfondre alors ? Ton champ d'investigation n'en est que plus réduit.

Elle s'accroupit et plongea ses yeux dans ceux en amande de Yuno. Comme la première fois, elle perdit pied puis se reprit pour dire, avec un air mi-sérieux mi-moqueur :

— Qui es-tu exactement ?

Il sourit, un petit sourire en coin absolument craquant.

— Narimiya Yuno, vingt et un ans, ancien délinquant, étudiant dans une école d'art, vit avec sa mère et son frère. Peu d'amis, essentiellement membres de gangs ou d'organisations illégales, pas de petite amie…

— Quoi ?! le coupa Eléonor, estomaquée. Un mec comme toi ? Je ne peux pas le croire !

— C'est pourtant la vérité.

— Et… Tu es mort comment ?

— Eh bien, je ne me souviens pas exactement de ce qui s'est passé, j'étais saoul. (Yuno resta un instant songeur et il s'ébouriffa les cheveux avant de continuer) En fait, je ne me rappelle pas la soirée qui a précédé ma mort, jusqu'au moment où je me suis écroulé après avoir vomi tripes et boyaux.

Il se revit tituber dans l'allée qui menait au perron de sa maison. Une horrible crampe l'avait plié en deux et il était tombé à genoux, l'estomac soulevé par de douloureux spasmes. Il n'avait plus rien dans le ventre, mais n'avait cessé de vomir de la bile qui lui avait brûlé la gorge. Il s'était relevé prudemment. Sa vision s'était troublée, le jardin avait tourné autour de lui. Il était parvenu sans encombre à passer la porte et s'était traîné jusqu'au salon.

— Tu rentres tôt, s'était étonnée sa mère.

Elle était sortie de la cuisine, sa tasse de café dans une main, l'autre serrant le col de sa robe de chambre blanche.

— Yuno !

Le jeune homme était tombé face contre terre. La tasse s'était brisée sur le sol et sa mère s'était agenouillée près de lui pour le tourner sur le dos. Yuno avait vu pour la dernière fois le visage de sa mère, puis il avait fermé les yeux et sa tête avait roulé sur le côté. Il n'avait pas eu immédiatement conscience d'être mort, il s'était cru victime d'une indigestion, ou quelque chose dans ce goût-là. Son réveil à la morgue l'avait refroidi, c'était le cas de le dire.

/

— Comment as-tu su que c'était un empoisonnement ?

— J'ai assisté à l'autopsie et attendu les résultats.

— C'est…

— … répugnant de voir son propre corps découpé en morceaux…

Elle posa une main compatissante sur son bras, comme pour le réconforter.

— Comment as-tu réagi quand tu as compris que tu étais un fantôme ?

— Ma foi, pas trop mal…

Il hésita avant de continuer. Faire des confidences n'était pas dans sa nature. De plus, il ne fréquentait la jeune fille que depuis quelques jours. D'un autre côté, il avait l'impression de la connaître depuis toujours.

— J'ai été soulagé de te rencontrer, parce que tu peux me considérer comme n'importe quel être humain.

— Tu es plutôt sympathique pour un esprit, c'est rare.

— Pourquoi ?

— C'est juste qu'ils sont pathétiques et déprimants. Je ne les méprise pas, que cela soit bien clair. Pour être plus précise, tu dois être le plus marrant que j'ai eu l'occasion de connaître.

— C'est pour dire. Ils ne doivent pas être très gais… Tu sèches les cours ?

— Je suis officiellement malade, dit-elle en désignant le foulard enroulé autour de sa gorge. Alors, ne me fais pas perdre mon temps. Acceptes-tu mon aide ?

— Non, dit-il sèchement.

Elle le saisit par les épaules et fixa son visage.

— Tu crois vraiment que les gens vont te répondre quand tu les interrogeras ?

— Tu penses que je vais m'amuser à les interroger ? Je suis un fantôme ! Je vais écouter aux portes.

— Les gens ne se vantent pas de tuer leurs semblables.

— Tu en es sûre ? fit-il pour instaurer le doute en elle.

Eléonor se leva et l'attrapa par le poignet pour le forcer à en faire autant.

— Tu m'autorises à rendre une visite de courtoisie à ta mère ?

— Je ne sais pas si c'est une bonne idée.

— Très bien. Allons-y.

— Mais…

— Tatata, n'en dis pas plus.

— Maintenant, je désapprouve totalement.

— Je sais.

Yuno leva les yeux au ciel et escalada la grille. Eléonor le suivit et resta plantée sur le trottoir.

— Tu habites où ? finit-elle par demander.

/

— Bonjour.

La mère de Yuno, une femme d'âge mûr aux traits fins et réguliers, petite et menue, inclina légèrement le buste.

— Je suis une amie de Yuno… J'ai appris récemment ce qui lui est arrivé, et j'ai pensé qu'une visite s'imposait.

— Entre.

En cinq minutes, la jeune fille était installée dans un canapé, une tasse de thé dans les mains. Yuno se tenait derrière elle, les mains posées sur le dossier, le visage étrangement impassible.

— Tu es donc une amie de mon fils ?

— Oui. Je suis désolée de me présenter en de telles circonstances.

— Ce n'est rien. Et puis Yuno n'était pas très bavard. Il ne me disait presque rien.

— Nous nous sommes rencontrés récemment. C'est normal s'il ne parlait pas de moi.

— Tout de même, il aurait pu me dire qu'il avait une petite amie aussi ravissante.

— Ce n'est pas du tout ça !

Eléonor devint rouge et secoua vivement la main. Elle renversa le thé sur ses jambes et bondit sur ses pieds en sentant la morsure de la brûlure sur sa peau.

— Excusez-moi.

Le visage triste de la femme s'adoucit et un petit sourire amusé étira ses lèvres.

— Laisse-moi nettoyer et va vite te changer. Sa chambre est au premier, la porte à droite.

— Mais…

— Vas-y. Il ne t'en voudra pas si tu lui empruntes un pantalon.

Eléonor monta lentement l'escalier, comme si elle allait découvrir l'antre d'un monstre ou une grotte au trésor, et poussa la porte.

— Tu peux te moquer de moi. Ta chambre est un véritable champ de mines.

Elle ferma derrière elle et s'assit sur le lit défait. Yuno ouvrit le tiroir d'une commode et farfouilla dedans.

— Mets ça.

Il jeta un jeans au visage de la jeune fille, qui l'esquiva de justesse.

— Merci.

Elle se débarrassa de son pantalon trempé et enfila celui de Yuno.

— C'est toi qui es maigre ou moi qui suis grosse ? demanda-t-elle, l'air de rien, en observant ses fesses dans un miroir.

— Je suis maigre. Toi… (Il la détailla avec un regard étrange) Tu es parfaite.

— Tout de même. Un peu plus et je ne rentrais pas dedans. Bref. Et si on cherchait des indices ?

— Des indices ?

— Maintenant qu'on est là, autant en profiter.

Elle contempla le fatras de vêtements, livres et divers objets, tels que disques, chargeurs, ou sacs.

— Par où commencer ?

Elle enjamba un tas de magazines sur la musique et s'assit au bureau du jeune homme. Elle ouvrit le premier tiroir et soupira en voyant le bazar accumulé dans si peu d'espace. Elle retourna les deux tiroirs et examina attentivement chaque parcelle encombrée du plan de travail. Yuno l'observait, notant qu'elle s'appliquait à remettre le moindre objet à sa place et qu'elle semblait un peu gênée d'entrer dans son intimité. Elle abandonna le bureau et se chargea de la commode. Elle tomba d'abord sur les t-shirts et les pulls, puis sur les pantalons.

— Je te laisse regarder dans le tiroir des caleçons. Il est hors de question que j'y touche.

Le Japonais se mit à rire et fouilla le tiroir.

— Tu aurais dû commencer par là, dit-il en exhibant un carnet noir à spirales.

Eléonor haussa les épaules et lui tendit son sac. Il y laissa tomber sa trouvaille. La jeune fille voulut faire le tour du lit pour atteindre la table de nuit, mais elle posa le pied sur une balle en mousse. La balle roula et elle perdit l'équilibre. Elle s'étala sous le regard horrifié de Yuno.

— Ça va ? demanda-t-il d'une voix inquiète.

Une longue plainte lui parvint et il se mit à rire malgré lui.

— J'ai trouvé une boîte, dit-elle ensuite en brandissant un cube de bois laqué, toujours allongée sur le dos.

— Ouvre-la.

Elle se redressa.

— Tu es sûr ? Il n'y a rien d'embarrassant dedans ?

— Je ne pense pas. Et puis je suis mort, plus rien ne m'atteint.

— Je ne m'inquiétais pas pour toi… C'est pour moi que je disais ça.

Elle souleva doucement le couvercle, retenant sa respiration sans s'en rendre compte. Elle souffla de soulagement en voyant un paquet de photos.

— Oh ! Tu étais mignon quand tu étais petit !

Elle avait versé les clichés sur le lit et les avait étalés sur la couette. Elle brandissait la photographie d'un bébé tout nu allongé sur le ventre sur une serviette de bain, un classique du genre. Yuno la lui arracha des mains et rassembla les autres photographies, un peu gêné.

Il suspendit son geste lorsqu'il tomba sur le portrait d'une jeune femme très belle. Elle était brune aux cheveux courts, et avait le visage pâle, illuminé par de grands yeux bleus. Elle ne souriait pas. Au contraire, elle avait l'air fâché et arborait une moue boudeuse.

— Qui est-ce ? (Il ne répondit pas. Il fixait intensément la jeune femme) C'est ta petite amie ?

— Hein ? Non, pas du tout !

— Le démenti est trop virulent pour être crédible.

Elle lui prit le cliché des mains et le regarda.

— Elle est jolie, mais un peu vieille pour toi… Elle a au moins vingt-cinq ans.

— C'est vieux pour toi ?

— Un peu. (Il se mit à rire) Je la prends, dit Eléonor en glissant la photographie dans la poche arrière de son jeans.

Elle replaça la boîte sous le lit et s'apprêta à repartir.

— C'est magnifique !

Elle s'arrêta devant les croquis de Yuno, entassés sous la commode comme s'il avait abandonné là quelque chose d'inutile et d'encombrant qu'il ne voulait pas pour autant jeter.

— Tu n'as qu'à prendre ceux qui te plaisent. Je doute que quelqu'un remarque qu'il en manque.

— Merci ! (Elle lui sauta dans les bras et le serra furtivement contre elle) Tu peux être un ange quand tu veux.

Elle s'assit par terre pour regarder les dessins un à un, fascinée par le coup de crayon du Japonais.

— Tu as de l'or dans les doigts…

Elle montra fièrement un autoportrait particulièrement réussi. L'amande de son œil était parfaite, et sa bouche pulpeuse légèrement entrouverte laissait planer un sentiment de tranquillité sensuelle sur son visage.

— Je le prends !

Elle redescendit au salon et trouva la mère de Yuno dans la cuisine, occupée à préparer un gâteau.

— Ça sent bon ! s'exclama-t-elle.

— Et j'espère que tu vas me faire le plaisir d'y goûter.

— Aucun problème. Pour un gâteau, je suis toujours partante.

/

Eléonor se laissa tomber sur son lit en soupirant et tira la photographie de sa poche. Qui était la jeune femme exactement ? Et quelle était sa relation avec Yuno ?

Elle roula sur le ventre et fouilla dans son sac à la recherche du carnet.

— Yuno ! appela-t-elle en le feuilletant. J'ai besoin de tes lumières !

— Je t'ai déjà dit que je ne m'en mêlais pas.

Elle tourna les pages couvertes de noms et d'adresses.

— Il doit bien y avoir un moyen de trouver une personne qui pourra m'en dire plus…

— Tu ne sais pas où tu mets les pieds, fit Yuno avec un air grave. Abandonne.

— Tu n'as qu'à m'empêcher de chercher.

— T'en empêcher ? C'est une cause perdue. Tu es du genre à faire tout le contraire de ce qu'on te dit.

— Si tu es si inquiet pour moi, donne-moi un indice. Tu dois bien avoir confiance en quelqu'un, connaître des gens fiables…

— Le bowling.

— Pardon ?

— Le bowling. C'est mon indice.

— Que ferais-je sans toi ? (Yuno ne put s'empêcher de prendre le cliché pour l'observer à nouveau) Raconte-moi.

— De quoi ?

— Votre histoire.

— Je ne sais pas si… Je n'ai jamais rien dit à personne, je n'ai pas l'habitude de parler de ces choses-là.

— Ne me fais pas languir plus longtemps. Je n'ai pas l'habitude de vivre ces choses-là, comme tu dis. Sois gentil, et laisse-moi vivre par procuration, juste cinq minutes.

Il s'assit et garda un instant le silence, comme pour rassembler ses souvenirs.

— La première fois que je l'ai rencontrée, j'avais quinze ans et elle vingt. Nos pères se connaissaient et nous avaient emmenés à Hawaï, va savoir pourquoi. À quinze ans, j'étais un gringalet débraillé et mal coiffé, j'avais la coupe au bol… Elle… Elle était comme une déesse pour moi : belle, élégante, brillante. Elle me méprisait. Les vacances sont passées très vite ; j'étais en extase dès que je la voyais, je ne vivais pas lorsqu'elle n'était pas là… J'avais dix-sept ans quand je l'ai recroisée. Elle n'avait pas changé. Moi si. Elle ne m'impressionnait plus, et je crois bien que je l'ai charmée… Sans doute grâce à ma nouvelle coupe de cheveux. Nous sommes sortis ensemble pendant un peu plus d'un an, jusqu'au moment où un vieil ami est venu sur son cheval blanc pour lui jeter de la poudre aux yeux.

— Tu l'aimes toujours ?

— Je ne sais pas. Bon, ça suffit, je n'ai pas envie d'en parler avec toi !

Eléonor haussa nonchalamment les épaules, mais les dernières paroles de Yuno venaient de la vexer.

— Comme tu veux.

— Tu recommences.

— À faire quoi ?

— Bouder.

— C'est de ta faute !

— Excuse-moi.

Elle lui jeta un coup d'œil. Il paraissait sincère. Elle soupira.

— Ce que tu peux être agaçant.

/

Les pistes vides du bowling étaient éclairées par une lumière crue et aucun chanteur disco ne braillait ces tubes aujourd'hui dépassés. La porte claqua derrière Eléonor.

— C'est fermé ! l'accueillit une voix peu amène.

— Je ne viens pas pour jouer.

Un jeune homme d'une vingtaine d'années, vêtu d'un jeans large et d'un marcel blanc, apparut au fond de la salle. Il avait les cheveux décolorés, coiffés en pétard et retenus en arrière par un serre-tête.

— C'est pour moi que tu es là, alors ? demanda-t-il avec un sourire enjôleur.

— On peut dire ça. C'est au sujet de Yuno…

— Tu étais sa copine ?

— Non ! s'exclama-t-elle, outrée qu'on puisse lui poser plusieurs fois une question si absurde.

Elle aperçut Yuno en train de se retenir de rire. Elle aurait bien voulu lui donner un coup de coude, mais c'était impossible devant le jeune homme du bowling.

— Je m'appelle Ezra.

— Eléonor.

— Qu'est-ce que tu veux savoir ?

Il l'invita à s'asseoir au bout d'une piste et lui-même s'accroupit sur l'un des fauteuils en plastique bleu.

— Pourquoi est-il mort ?

— Quelle question ! Comment je pourrais comprendre les raisons qui poussent un mec à se tuer ?

— Mais… Vous pensez qu'il s'est suicidé ? (Le jeune homme ne répondit pas. Elle se pencha vers lui et lui chuchota sur le ton de celle qui divulgue un secret) On l'a assassiné.

— Ah, tu es au courant. Je suppose que tu réalises aussi que tu es totalement inconsciente. Et si j'étais le tueur ?

— Non, décréta-t-elle. Yuno vous fait confiance.

Il ne releva pas l'emploi du présent.

— Vraiment ?

— Vous avez une hypothèse ?

— Ce n'est pas ce qui manque… Tu ne devrais pas poser de questions.

— Pourquoi ?

— C'est une affaire louche. Trop de monde pourrait y être impliqué, ne mets pas ton nez là-dedans, tu vas le regretter.

— Je veux savoir. (Il resta silencieux et son regard se perdit dans le vague) Qui est-ce ?

Il jeta un œil à la photographie qu'elle lui tendait.

— Dans quoi s'est-il fourré ? soupira-t-il, exaspéré.

— Qui est-ce ?

— La fille d'un homme d'affaires.

— Un mafieux ?

— Pas vraiment. Il est véreux et compte quelques crapules dans ses relations, mais il n'appartient à aucune organisation.

— Donc, Yuno trempait bien dans des affaires pas très catholiques… Ou alors, il n'est qu'une victime innocente… Quels liens entretenait-il avec cette fille ?

— Je ne sais pas. Je pensais qu'ils n'avaient plus aucun contact. Nous n'étions pas très proches ces derniers mois. Des affaires me préoccupaient, je n'avais pas beaucoup de temps à lui consacrer. C'est regrettable, maintenant qu'il est mort.

Il fut interrompu par l'arrivée d'un petit groupe de jeunes. Ils portaient tous un brassard noir au bras gauche et arboraient fièrement piercings et tatouages. Ils observèrent la jeune fille, visiblement intrigués.

— Je vais y aller, déclara-t-elle, mal à l'aise.

— Attends.

Il lui prit la main et y déposa un objet avant de lui refermer les doigts dessus.

— Je penserai à toi si j'apprends quelque chose. Fais très attention à toi, sois prudente et si tu fais une quelconque découverte, appelle-moi.

Elle acquiesça et sortit du bowling. Elle ouvrit la main ; Ezra lui avait remis un téléphone portable.

— Tu lui plais, fit Yuno. Il s'inquiète déjà pour toi.

— C'est un chef de gang ?

— Oui. De plusieurs gangs, pour être précis.

— Il est marrant.

— Si on veut. Il a toujours eu des manières étranges. Je l'ai connu au collège… Il surprend souvent en jouant le bad boy pacifique, parce qu'il a banni le meurtre et la drogue de ses gangs. Cela dit, mieux vaut ne pas le mettre en rogne, personne ne l'égale dans l'art du combat.

— Pas même toi ?

— Non. Il est trop rapide.

Eléonor glissa le téléphone dans son sac.

— J'ai faim. Pause-déjeuner ?

Elle se mit en route d'un pas léger, Yuno à ses côtés. Soudain, un homme surgit devant eux. Il tituba, la main crispée sur son ventre, la tête baissée. Il releva les yeux et Eléonor sentit une sueur glacée couler dans son dos. Il avait le regard fou, la bouche pleine de sang coulant le long de son menton. Il trébucha et se rattrapa à la jeune fille ahurie. Il était blême, sa chemise était poisseuse.

Il plaqua violemment Eléonor contre le mur d'un bâtiment qui bordait la rue.

— Aidez-moi ! Je vous en supplie, aidez-moi !

Eléonor tenta de se dégager, mais il resserra sa prise sur ses bras.

— Vous me faites mal.

— Sauvez-moi ! Ils sont dans ma tête ! Ils…

Il s'arrêta brusquement de parler. Son expression paniquée changea. Il fronça les sourcils, ses yeux s'injectèrent de sang, sa bouche se déforma en un rictus haineux.

— Crève ! hurla-t-il.

Yuno l'attrapa à bras-le-corps et le tira brutalement en arrière. Il le balaya d'un mouvement de hanche et une fois l'homme au sol, il lui donna un coup de poing dans la tempe.

— Wouah, tu fais du karaté ? l'interrogea Eléonor.

— On veut te tuer et tu me demandes ça… Tu as des idées bizarres parfois. Tu vas bien ?

Elle frotta ses bras endoloris et marbrés de rouge.

— Oui.

Elle s'accroupit et observa son agresseur. Il était conscient et avait retrouvé sa première expression. Il se recroquevilla, cacha son visage dans ses bras et se mit à sangloter. Eléonor observa son corps secoué de pleurs et interrogea Yuno du regard. Il haussa les épaules, aussi dubitatif qu'elle.

— Pardonnez-moi… Je ne voulais pas… Mais elle m'a forcé !

Il se frappa la tête à plusieurs reprises.

— Qui vous a forcé ?

— Taisez-vous ! (Il plaqua ses mains contre ses oreilles) Je vous en supplie, laissez-moi tranquille ! Cette voix me rend fou !

Il se redressa et se jeta contre le mur, où il se cogna violemment la tête. Il recommença en criant avec désespoir :

— La ferme ! La ferme, bon sang !

— Il faut l'arrêter ! s'exclama la jeune fille. Fais quelque chose !

Yuno soupira et s'avança, mais l'autre perçut son mouvement. Il se colla au mur et le pointa du doigt.

— Ne… Ne m'approche pas !

L'hystérie rendait sa voix suraiguë. Le jeune homme prit alors Eléonor par les épaules et la fit avancer.

— C'est ton domaine, tu dois t'en occuper.

Elle acquiesça et tendit la main pour poser ses doigts sur le front de l'homme qui tremblait. Il parut s'apaiser. Elle marmonna quelques mots et il disparut.

— Allons manger, fit Eléonor après avoir fixé l'endroit où il se tenait, vide à présent.

Yuno sembla surpris puis il déclara :

— Je te suis.

Eléonor dévorait son hamburger, réfléchissant aux récents événements à voix haute.

— Tu crois qu'on peut être schizophrène, même quand on est mort ?

— Aucune idée. J'ai bien gardé un horrible sens de l'humour.

— On n'assassine pas les gens pour si peu. (Elle piocha quelques frites, toujours songeuse) Je pense qu'il n'a pas fait ça de lui-même.

— Tu t'es déjà demandé pourquoi on t'attaquait ?

— Bien sûr, quelle question ! Je sais que ce sont des fantômes, j'ai posé quelques questions, mais je n'ai pas trouvé l'ombre d'une piste.

— À mon avis, tu cherches compliqué alors que tu peux trouver simple.

Elle prit sa boisson et avant de porter la paille à sa bouche, elle l'interrogea :

— Pourquoi ? Je ne suis pas une délinquante comme toi. Personne n'est susceptible de m'en vouloir à mort.

Il fit mine d'avoir été touché à la poitrine par un projectile invisible et pressa ses mains contre son cœur.

— Tu es vraiment cruelle !

Il s'écroula, comme mortellement blessé.

— Relève-toi, tu es ridicule.

— Il n'y a que toi qui peux le voir. Et entre nous, tu es pire que moi, tu parles toute seule.

Eléonor arrêta de boire son soda et observa les gens qui l'entouraient. Ils faisaient comme si elle n'était pas là, mais la surveillaient du coin de l'œil. Certains ricanaient méchamment, d'autres la considéraient avec pitié. Elle posa rageusement son gobelet sur son plateau, prit ses affaires, fit un crochet par la poubelle et sortit, furieuse de s'être humiliée en public.

— Je vous déteste tous autant que vous êtes !

— Attends-moi !

— Non ! J'en ai marre ! Vous me rendez la vie vraiment impossible ! Je rentre chez moi et ne t'avise pas de me suivre !

Mercredi 21 Avril

Eléonor passa la porte de la classe vide, un sourire triomphant aux lèvres.

— J'ai battu mon record, j'ai dix-huit minutes d'avance !

— Félicitations.

Son sourire disparut et elle tourna la tête vers Yuno. Ses yeux lançaient des éclairs.

— Je m'excuse pour hier, déclara-t-il aussitôt pour l'empêcher de parler. Je n'aurais pas dû me moquer.

— C'est bien de l'avoir remarqué. C'est tout ce que tu voulais ?

— Euh... Oui.

Yuno s'assit en tailleur sur le bureau du professeur.

— J'ai peut-être poussé le bouchon un peu trop loin. Et puis, tu n'étais pas en forme hier... À cela s'ajoute le fait que tu adores bouder.

— Non, c'est faux !

Elle s'assit et sortit ses affaires en le foudroyant du regard, ce qui le fit éclater de rire.

— Tu rougis.

— Pas du tout.

Elle cacha ses joues dans ses mains et marmonna qu'elle avait chaud parce qu'elle avait marché vite.

— Tu as géographie aujourd'hui ?

— Oui.

— Je vais trouver un moyen de me faire pardonner.

— Si tu y tiens.

À présent, Eléonor se sentait d'excellente humeur. Yuno l'observa à son insu tandis qu'elle accueillait ses camarades de classe. Elle était le genre de fille qui devenait une autre personne à l'aide d'un simple détail. Le sourire d'Eléonor faisait pétiller ses yeux et lui donnait un charmant air espiègle. Un garçon entra. Il était assez grand et mince, et arborait un look bon chic bon genre coincé, avec son pantalon de toile beige, sa chemise enfilée sous un pull, ses cheveux impeccablement plaqués sur le côté. Il était plutôt mignon, mais son visage figé par une expression sérieuse complétait sa panoplie de jeune homme froid et distant. Yuno le reconnut, il l'avait déjà vu chez Eléonor, quelques jours après son agression, quand il était passé voir si tout allait bien.

La classe se remplissait petit à petit, mais la jeune fille n'y fit pas attention, occupée à plaisanter avec Gabriel. Yuno ne lâchait pas le jeune homme du regard, intrigué. Ils avaient l'air proches, ils se connaissaient sans doute depuis longtemps, mais Gabriel semblait vouloir plus que ce qu'Eléonor daignait lui donner. Elle était ce genre de personne qui ne comprenait rien à rien. Cela ne rendait sans doute pas la tâche facile à Gabriel qui avait l'air d'un empoté. Amusant. Yuno allait garder un œil sur ces deux-là, l'évolution de la situation promettait d'être divertissante.

Quand on est mort, il faut bien faire passer le temps, pensa-t-il en esquissant un sourire.

/

Fancher ne déambulait plus devant le premier rang. Il avait presque cessé ses plaisanteries douteuses et son cynisme avait disparu. Son cours était plus ennuyeux que jamais. Cependant, il était toujours aussi détestable envers ses élèves, voire pire, et déversait inlassablement sa bile sur eux. Il venait d'en sortir un sans autre forme de procès parce qu'il n'écoutait pas, semblait-il. S'était ensuivie une des longues leçons de morale dont il avait le secret et dont l'inévitable conclusion était que la classe était quelque chose comme irrécupérable ; il n'y avait aucun espoir pour elle et passer en deuxième année relevait du suicide. Bref, le bla-bla habituel.

Yuno avait déplacé sa carcasse jusqu'à une table du fond, réfléchissant à ce qu'il pourrait bien inventer. Quant à Eléonor, elle résistait tant bien que mal à l'irrépressible envie de se retourner pour le regarder, car elle sentait le regard réprobateur du professeur peser sur elle pour qu'elle cesse de se tortiller.

Une sonnerie interrompit la leçon. Personne ne bougea. Le téléphone continua à sonner.

— Eléonor, je crois que c'est le tien, chuchota Gabriel.

— Hein ? (Elle baissa les yeux vers son sac et comprit) C'est Ezra.

Elle farfouilla dans ses affaires pour trouver le téléphone, mais il s'arrêta de sonner.

— Mademoiselle… Sortez.

Eléonor fut étonnée de ne pas être gratifiée d'un commentaire acide. Elle enfila sa veste, ramassa ses affaires et sortit. À peine dans le couloir, elle dut décrocher le téléphone qui sonnait à nouveau.

— Allo ?

— C'est Ezra. Je donne une soirée en fin de semaine, je t'y attends.

— Mais…

— Il faut absolument que tu viennes. Et fais-toi belle ! Je te rappellerai pour te transmettre les détails.

Il raccrocha et la jeune fille resta quelques secondes sans bouger, le téléphone à l'oreille. « Mais je n'ai rien à mettre », fut sa seule réaction.

La porte de la classe s'ouvrit sur Gabriel, qui se glissa sournoisement derrière elle pour la surprendre.

— Qu'est-ce que tu fais là ?

— Il m'a viré. Nous sommes en léger désaccord. (Il la poussa gentiment) Ne restons pas ici.

— Tu as raison, c'est hanté.

Elle le prit par le coude et le tira vers les escaliers. Yuno les suivit après avoir tiré les oreilles de Fancher et lui avoir baissé le pantalon. C'était un coup bas, il le savait – et très infantile –, mais tellement drôle, ce que l'éclat de rire général lui avait confirmé.

Il lui semblait que les deux tourtereaux auraient voulu un semblant d'intimité, mais depuis la deuxième agression, il hésitait à laisser Eléonor seule et sans protection. En temps normal, ce rôle incombait à Gabriel, mais il ne pouvait jouer au chevalier sans peur et sans reproche devant des fantômes. Il s'approcha en courant. La jeune fille ne se rendit pas compte de sa présence, elle avait l'agaçante habitude d'oublier qu'il était là. Elle était occupée à chahuter avec Gabriel. Yuno pensait que lorsqu'elle était déconcentrée, elle perdait un peu de ce sens qui lui permettait de le percevoir comme une personne normale.

En sortant du lycée, Gabriel et Eléonor aperçurent le bus. Gabriel prit la main de la jeune fille et se mit à courir, l'entraînant dans son sillage. Ils sautèrent dans le véhicule avant que le chauffeur puisse refermer les portes.

— On va passer professionnels pour courir le cent mètres, fit-elle en s'accrochant à une barre métallique, le souffle court.

Ils se rendirent compte qu'ils ne s'étaient pas lâchés ; Gabriel retira sa main, rougit et ouvrit la bouche sans produire le moindre son.

— Je dois descendre ici, finit-il par articuler.

Yuno, assis non loin, se prit la tête dans les mains. Devait-il rire ou pleurer ? À cette vitesse-là, rien n'aurait changé dans dix ans. Eléonor ne se doutait d'absolument rien, ce qui n'aidait pas Gabriel, bloqué par sa timidité. Il laissa échapper un ricanement moqueur. Des enfants de maternelle se seraient déjà embrassés.

Vendredi 23 Avril

« C'est terrible, je n'ai rien à me mettre ! »

Eléonor avait vidé son armoire sur son lit pour passer en revue les diverses tenues qu'elle avait à sa disposition et qui, visiblement, ne la satisfaisaient pas. Elle estimait que le sort s'acharnait sur elle, en l'obligeant à participer à deux soirées immanquables le même jour.

— À ton avis, comment je dois m'habiller ?

Yuno lisait un roman, assis dans le fauteuil près de la fenêtre. Il ne leva même pas les yeux.

— Fais comme tu veux.

— C'est pour toi que j'y vais. Tu pourrais te sentir un minimum concerné.

Il soupira et baissa son livre pour la regarder.

— Je t'ai déjà dit cent fois que je désapprouvais. Et je ne suis pas styliste.

— Tu étais dans l'art, tu as quand même la notion du beau, non ?

Il se leva et parut réfléchir à la question. Il prit une robe décolletée, noire, y ajouta un sautoir et quelques accessoires. Il désigna ensuite une paire d'escarpins assortis à la robe.

— C'est aussi simple que ça. Ezra va adorer.

— Vraiment ? demanda-t-elle, sceptique. De toute façon, je ne trouverai rien de mieux, je vais te faire confiance.

Elle libéra ses cheveux de la serviette humide qui les emprisonnait.

— Tu n'es pas obligé de regarder.

Yuno se tourna de bonne grâce. Eléonor ne savait pas qu'il pouvait la voir dans le miroir qui lui faisait face. Elle se débarrassa prestement de son pull et de son jeans, et le jeune homme l'observa à son insu. Eléonor n'était pas mannequin, mais son corps était harmonieux et voluptueux, bien plus désirable que celui d'un sac d'os. Oui, chaque courbe était magnifique… Il secoua la tête et détourna le regard, un peu honteux.

— Je me sens horrible. Ce n'est pas un peu trop…

Il jeta un œil à son décolleté plongeant.

— Tu es parfaite ! Gabriel va beaucoup apprécier, grinça-t-il, avant de se réprimander mentalement.

— Qu'est-ce que tu entends par là ?

— Oh, rien. Dépêche-toi, tu vas être en retard.

— Attends, je ne suis pas maquillée.

Yuno leva les yeux au plafond avec désespoir.

— Les femmes !

/

— Ezra m'a invitée.

Le vigile impassible lui jeta un œil indifférent. Il avait les bras croisés sur son immense poitrine et la dominait de plus de deux têtes.

— Eléonor ! Tu es venue !

Ezra fendit la foule et la prit par la taille pour l'entraîner à l'intérieur de la boîte de nuit branchée. Elle s'autorisa à adresser un sourire narquois à l'armoire à glace en passant devant lui. Il faisait sombre, malgré les spots lumineux qui balayaient la salle où s'agitaient des danseurs en sueur, et la musique était étourdissante.

— Je t'offre un verre ?

Elle ne pouvait pas refuser. Un verre à la main, le bras du jeune homme autour de ses hanches, elle vogua de groupe en groupe pour faire la connaissance des amis de Yuno et d'Ezra. Ce dernier profita d'un moment de répit pour lever son verre de champagne.

— Trinquons à la santé de Yuno. Il va nous manquer.

Eléonor fit tinter sa coupe contre la sienne.

— Kampai, comme on dit chez lui.

Ils burent, puis Ezra prit Eléonor par la main et l'entraîna au fond de la boîte de nuit. Dans une alcôve, une jeune femme était assise à une table, un verre de cocktail posé devant elle dont elle touillait négligemment le contenu. Elle était entourée par deux hommes en costume sombre qui semblaient surveiller la foule de danseurs. Elle avait les cheveux blonds coupés en un carré plongeant, mais Eléonor reconnut aisément l'inconnue de la photo.

— Eléonor, voici Angèle. Assieds-toi, lui chuchota-t-il. Elle aboie mais ne mord pas.

Angèle détailla Eléonor de haut en bas, puis déclara sur un ton morne :

— On m'a dit que tu voulais me parler.

— Oui. (Eléonor se pencha en avant pour ne pas avoir à crier) C'est à propos de Yuno.

L'autre ouvrit de grands yeux, puis reprit avec morgue :

— Il est mort. (Elle but une gorgée de cocktail) Tu le connaissais ?

— En quelque sorte, oui. (Angèle croisa les bras et s'appuya sur le dossier de la banquette, l'air contrarié) Qu'est-ce qu'il y a ?

— Alors c'est toi ?

— Moi ? Je ne vous suis pas…

— Il disait que la différence d'âge ne le gênait pas ! Il m'a donc menti pour me préférer une gamine de son âge ! Quel petit…

— Je ne suis pas sa petite amie, la coupa Eléonor. Et puis, il me semble que vous l'avez vous-même jeté pour un autre.

— Il n'a pas voulu de moi quand je suis revenue vers lui. Qui es-tu ?

— Une récente connaissance. Je voudrais en savoir plus sur les causes de sa mort.

— Il était déprimé, alors il s'est suicidé, dit froidement Angèle sans regarder son interlocutrice.

— Je pensais aux autres… causes.

— Ah.

— Savez-vous où et avec qui il était avant de mourir ?

— Dans un bar, avec quelques amis et moi.

— Pardon ?

— Je ne l'ai pas tué ! s'exclama Angèle, scandalisée.

— Alors qui ? Vous n'avez pas une idée ? Quelqu'un lui en voulait-il ?

— Arrête de poser des questions, siffla Angèle, agacée. C'est le travail de la police, pas le tien.

La jeune fille était butée, Eléonor n'en tirerait rien. Elle prit un sous-verre et griffonna un numéro dessus.

— Vous pourrez me joindre ici, si l'envie vous prend de parler, même de sujets qui vous semblent insignifiants.

Elle se leva et chercha Ezra.

— Il faut que je m'en aille. J'ai un autre rendez-vous.

— Déjà ?

Il fit mine d'être désappointé.

— Reviens vite me voir, dit-il en l'embrassant sur la joue.

— Bien sûr !

/

Gabriel ouvrit la porte d'entrée et eut un sourire ravi, doublé d'un hochement de tête appréciateur.

— Enfin te voilà. Entre.

Il la conduisit au salon où étaient rassemblés ses invités. Il y avait pas mal de monde : des camarades de prépa, des amis du lycée… Gabriel avait poussé les meubles contre les murs afin de laisser de la place pour une piste de danse. Eléonor se sentait mieux dans cet univers plus chaleureux et convivial.

— Tiens.

Gabriel lui donna un verre en plastique rempli de soda.

— Fais comme chez toi, je vais voir si personne n'a besoin de rien.

— Vas-y, ne t'occupe pas de moi.

Après avoir salué ses amis et vidé son verre, elle s'assit dans un canapé pour soulager ses pieds endoloris. Un jeune homme s'installa à côté d'elle. Il avait l'air passablement éméché, et l'alcool le rendit hardi. Il posa sa main sur sa cuisse, ce qui la fit sursauter. Il n'eut pas le temps d'aller plus loin, car Gabriel l'attrapa par le col et le tira pour l'éloigner. Il prit sa place à côté de la jeune fille.

— Désolé pour ça.

— Il y a toujours des gens qui ne connaissent pas leurs limites quand ils boivent.

— Il faut dire que ce soir, tu... es vraiment... très... très...

— Oui ?

— Très jolie.

— Merci. (Le tempo de la musique se ralentit et la *dance* laissa place à une ballade) Tu n'as pas osé ?

Le jeune homme prit un air innocent et fit celui qui ignorait de quoi elle parlait.

— Tu m'invites ? demanda-t-elle, pour ne pas être importunée par un autre garçon saoul.

— Tu te moques de moi ? Ou tu n'as pas envie de te cacher dans les toilettes ?

— Tu t'en souviens encore ? On avait à peine douze ans...

— Mon ego a été froissé par ton refus assez brutal.

— Désolée pour lui. Viens, je vais réparer ça.

Elle se leva et lui tendit la main pour le guider sur la piste. Il posa les mains sur sa taille et la serra contre lui. Son amie se laissa faire et posa la tête sur son torse. Elle vit que Yuno observait le buffet avec attention. Le fantôme se détourna des chips.

— Oh, je vois que ça avance à grands pas.

Peut-être trop, songea-t-il ensuite avec amertume. Il n'avait pas parlé fort, mais Eléonor croisa son regard. Ils se fixèrent intensément et elle reposa sa tête sur la poitrine de Gabriel avant de fermer ses yeux.

Il déraillait, il fallait qu'il sorte d'ici, qu'il s'éloigne d'elle, d'eux !

/

Eléonor traversa la route d'un pas rapide, la tête ailleurs. La fin de la soirée avait été étrange. Yuno avait disparu, les bousculant, Gabriel et elle, au passage. Elle avait alors perdu l'équilibre et s'était écroulée sur le couple voisin, provoquant ainsi l'hilarité générale. Elle était restée jusqu'à une heure avancée, mais elle avait la tête ailleurs. C'était comme si un fil invisible la reliait à Yuno. Lorsqu'il était parti, ce fil s'était tendu entre eux. Elle sentait comme un hameçon accroché à son cœur, un crochet qui la tirait vers elle ne savait où. Elle éprouvait une sensation de vide presque douloureuse, ce qui la poussa à partir.

La lanière de son sac cassa, son contenu se renversa sur la route et le sac tomba.

— Merde.

Elle s'accroupit et se pressa de ramasser ses affaires. Elle fourra le tout dans le sac et se releva. Son regard fut attiré par la lumière éblouissante de phares qui approchaient, et telle une biche face à un chauffard, elle ne bougea pas, hypnotisée. Il lui sembla qu'au lieu de ralentir, la voiture avait accéléré. Elle savait qu'elle aurait dû bouger, mais tout son corps était paralysé.

/

Yuno avait longtemps marché pour se vider la tête et ses pas l'avaient ramené devant la maison de Gabriel. Il était resté là, les mains dans les poches, aussi immobile qu'une statue. Eléonor était passée devant lui sans le voir, elle semblait préoccupée. Elle ne remarqua pas non plus le 4x4 qui démarra à son passage. Depuis, Yuno filait la voiture qui suivait Eléonor.

La jeune fille s'arrêta au milieu de la route et Yuno dépassa la voiture pour voir de quoi il ressortait. Elle se redressa et fixa un point derrière eux. Son visage était calme, mais son regard était terrifié. Alors il comprit et se mit à courir comme jamais il n'avait couru. Une seule pensée occupait son esprit : arriverait-il à temps ? Il se jeta sur la jeune fille et ils roulèrent sur le côté. Le tout-terrain passa à une allure folle près d'eux, les manquant de justesse, et disparut au coin de la rue.

— Tu n'as rien ?

Ils se relevèrent, le souffle court, et Eléonor essuya ses yeux du revers de la main.

— Non, répondit-elle en essayant de sourire. Tu dois être mon ange gardien, tu m'as encore sauvé la vie.

Elle avait les yeux brillants ; une larme perla au coin de son œil, et roula sur sa joue. Yuno tendit la main et essuya la perle salée avec son pouce. Il prit la jeune fille dans ses bras et la serra contre lui. Elle plaqua ses mains dans le dos de son ami et son étreinte broya les côtes de Yuno. Il n'en laissa rien paraître et lui caressa les cheveux. Son cœur s'emballa. Non, ce n'était pas le sien… Ce n'était qu'une illusion.

— Eléonor ? Est-ce que je peux écouter ton cœur ?

Elle hocha la tête sans s'étonner de l'étrangeté de la requête. L'oreille contre sa poitrine, il écouta les palpitations qui ralentissaient à mesure que la jeune fille se calmait.

— C'est fascinant. Maintenant que le mien ne bat plus (il avait quand même des doutes à ce sujet), je comprends à quel point ce son est précieux.

Il se tut et s'écarta.

— Laisse-moi te raccompagner chez toi, déclara-t-il. À partir de maintenant, je vais te protéger.

— Non. Je peux me débrouiller seule.

Il songea que ces derniers jours, il n'avait pas quitté la jeune fille d'une semelle et qu'il n'avait pas envie que cela change.

— À qui veux-tu faire croire ça ?

Il lui prit le poignet et la tira de force, observant les alentours avec attention. D'abord, elle le suivit sans résistance, puis elle s'arrêta brusquement.

— Je ne suis pas aussi faible que tu le penses ! Je suis assez forte pour m'occuper de moi sans l'aide de personne !

— Je ne t'ai jamais considérée comme faible. Je suis désolé si je t'ai donné cette impression.

— Excuse-moi. Tu n'as rien à te reprocher… C'est juste que tu passes ton temps à me sauver la vie, comme un super-héros. Et moi, je me sens comme la potiche qui ne sert à rien et qui est toujours en danger.

— Tu n'as rien d'une potiche, répondit Yuno en souriant.

— Tu avais raison depuis le début. Je me suis emballée à l'idée de trouver ton meurtrier, mais je n'y arriverai pas.

— N'y pense plus. Grâce à toi, j'ai pu voir que certaines personnes valaient la peine d'être connues. (Il lui ébouriffa les cheveux) On rentre ?

— Oui. Je suis fatiguée.

Jeudi 29 Avril

Yuno trépignait d'impatience dans le hall de gare grouillant de vacanciers.

— Arrête de bouger comme ça, c'est agaçant.

— Oui, chef.

Il se campa sur ses jambes, torse bombé, mains dans le dos. Eléonor leva les yeux au ciel.

— Crétin. Continue comme ça et je te laisse ici.

— Tu ferais ça ? Tu es sans cœur ! Moi qui me faisais une joie de rencontrer ton père.

— Du calme. Ce n'est pas comme si on allait se marier. (Elle jeta un œil au panneau d'affichage) Le train est annoncé à la voie 23.

Elle tira sa valise sur le quai indiqué et chercha la voiture qui correspondait au numéro imprimé sur son billet. Elle marcha presque jusqu'au bout du quai et monta dans l'avant-dernier wagon. Elle hissa sa lourde valise dans le casier prévu pour les bagages et s'installa à sa place.

— Tu es sûre que tu as besoin de tout ça pour une semaine ?

— T'occupe, lui répondit-elle sans desserrer les dents.

— C'est vrai, de quoi je me mêle ? Après tout, c'est toi qui la portes.

Eléonor plaça les écouteurs de son kit mains libres dans ses oreilles : sa parade pour ne pas paraître dérangée. Pour répondre aux remarques assassines de Yuno, elle faisait semblant de parler au téléphone.

— Oh… C'est mauvais signe, constata le jeune homme.

— Tais-toi.

— D'accord, d'accord.

Il resta silencieux jusqu'au départ du train, habitué à leurs chicaneries. Ils s'envoyaient mutuellement des piques, c'était leur meilleure façon de communiquer.

— Parle-moi de ton père, fit-il subitement.

— De mon père ?

— Oui.

— Pourquoi ?

— Est-ce qu'il faut forcément une raison ?

— C'est un homme occupé, il travaille sans arrêt. Depuis la mort de ma mère, on ne s'entend pas très bien. Il est toujours en déplacement ou avec une femme, voire les deux en même temps, et quand il veut me parler, il laisse un message sur un post-it.

— Il était déjà comme ça avant la mort de ta mère ?

— Je ne me souviens pas. Il était peut-être un peu plus présent.

— Et… il est au courant pour vos… facultés ?

— Oui. Enfin il pense que nous sommes un peu givrées, et je doute qu'il me croie, d'où mon pseudo-passé de délinquante.

Elle tira un magazine de son sac et l'ouvrit à la première page.

— J'ai cru comprendre que toi aussi tu as des problèmes avec ton père.

— C'est exact. Mes parents sont divorcés.

— Depuis longtemps ?

— Oui.

Son ton sec indiqua à Eléonor que pour lui, la discussion était close.

/

— Chérie ! Je suis content de te voir !

— Pas autant que moi, marmonna Eléonor.

Elle salua froidement son père et lui tendit sa valise. Il la souleva difficilement pour la hisser dans le coffre de la berline stationnée devant la gare. Eléonor monta à l'avant et garda le silence pendant tout le trajet. Elle regarda défiler le paysage en souriant, elle était ravie de ce bref séjour, elle avait besoin de la solitude du bord de mer. Arrivés à destination, son père l'aida à monter sa valise jusqu'à l'appartement, elle le remercia et s'engouffra dans sa chambre.

— Tu m'étonnes que vos rapports soient conflictuels.

— Je ne t'ai pas demandé ton avis.

On frappa à la porte.

— Oui ?

— Tu parles toute seule, chérie ? demanda son père en passant la tête par l'entrebâillement. À moins qu'un de tes… amis ne soit là.

— Oui. C'est une vieille dame, elle s'appelle Hilda.

— Hilda ? Une vieille dame ? s'insurgea Yuno.

— Elle me dit de te dire bonjour. Elle est très heureuse de te connaître et te trouve très séduisant.

— Mais pas du tout ! s'exclama le fantôme, tandis que l'homme esquissait un sourire de remerciement forcé.

— Fais attention à toi, conclut-elle. On ne sait jamais, tout peut arriver…

Son père hocha la tête et fuit dans le salon, sous le regard goguenard d'Eléonor.

— Ton téléphone sonne, lui fit remarquer Yuno.

— Pardon ?

Il avait attrapé le portable avant qu'elle puisse réagir.

— C'est ce bon vieux Gabriel.

— Donne-moi ça !

Yuno leva le bras. Il était bien plus grand qu'Eléonor et il garda aisément l'objet hors de sa portée.

— Qu'est-ce qu'il a d'important à te dire ? Vous vous êtes vus hier.

(La jeune fille sautait pour atteindre sa main et elle ne pouvait s'empêcher de rire) J'aurais raté quelque chose ?

— Rien du tout.

Elle s'agrippa à ses épaules pour se grandir et il fut déséquilibré. Il bascula vers l'arrière, emportant Eléonor dans sa chute. Ils éclatèrent de rire. Le regard de la jeune fille plongea dans les yeux de Yuno. Encore une fois, elle fut électrisée. Ils étaient magnifiques : l'amande était parfaite et l'iris moucheté d'or était un puits abyssal. Parfois, elle oubliait à quel point il était beau. Elle rampa jusqu'à son téléphone, qui avait glissé sur le parquet, pour se redonner contenance.

— Il rappellera. On va se promener ?

— Il fait presque nuit, argua Yuno.

— Et alors ? (Elle enfila une veste) Papa, je sors !

— Fais comme tu veux.

Une fois dehors, elle traversa la place qui séparait l'immeuble d'un petit parking. Elle entraîna son ami dans les rues désertes de la petite ville portuaire jusqu'au pied d'une falaise. Elle se déchaussa, assise sur les marches en béton qui descendaient vers le sable de la plage, puis courut à la rencontre de la mer en criant.

— Attends-moi ! s'époumona Yuno en gesticulant derrière elle.

Elle se tourna en riant et fonça dans les vagues. Elle éclaboussa son ami et essaya d'esquiver une gerbe d'eau qu'il lui lança.

— Elle est froide ! fit-elle en grimaçant.

Ils retournèrent sur la plage et Eléonor libéra ses cheveux humides. Ils cascadèrent sur ses épaules et coulèrent dans son dos. Yuno passa sa main dans la masse soyeuse et aperçut quelques gouttes sur son visage.

— Ne bouge pas.

Il essuya délicatement sa peau du revers de la main.

— Voilà.

Ils marchèrent sur la grève. Les vagues léchaient leurs pieds, le ciel étoilé se reflétait dans la mer.

— C'est une belle nuit.

— J'aime me promener ici quand le soleil s'est couché. Mais ne t'avise pas de squatter ma plage. Tu t'es déjà incrusté dans mon parc.

Les doigts de Yuno frôlèrent ceux de la jeune fille. Sous le coup d'une impulsion, il s'empara de sa main. Au même moment, elle se dégagea en hurlant et se mit à sautiller sur place.

— Qu'est-ce qu'il se passe ?

— Je viens de me couper sur un coquillage ! Ça fait un mal de chien !

— Ne marche pas sur le sable, ça va s'infecter.

— Tu en as de bonnes. Et je rentre comment ?

Il s'approcha et la souleva aisément.

— La promenade est terminée.

Sur le chemin du retour, Eléonor sentit son visage s'enflammer et ses joues devenir rouges. Elle sentait les mains du jeune homme sur son corps, elle avait la tête posée sur son torse. Elle aurait juré entendre les battements accélérés du cœur de Yuno. À moins que ce ne soient les siens.

Une fois arrivé à destination, il la posa sur son lit.

— Laisse-moi regarder. Il faut nettoyer la plaie. Il y a du sable et c'est assez profond.

Il s'arma d'alcool à quatre-vingt-dix degrés trouvé dans l'armoire à pharmacie et de coton. La jeune fille se mordit la lèvre pour souffrir en silence.

— C'est fini.

Il déchira un sachet contenant de la gaze et lui banda le pied.

— Merci beaucoup.

— Et maintenant, au lit ! Tu as cinq minutes avant extinction des feux ! (Comme elle ouvrait la bouche pour répliquer, il ajouta) Et on ne discute pas.

Eléonor ronchonna pour le plaisir, mais elle clopina jusqu'à la salle de bains. Yuno s'installa devant la télévision en compagnie du père de la jeune fille. À la fin du programme, il alla voir si tout allait bien.

Eléonor s'était endormie, allongée sur le côté en chien de fusil. Il l'observa depuis l'embrasure de la porte puis il s'étendit contre elle, posa son bras sur celui de la jeune fille et referma ses doigts sur sa main. Il entoura sa taille de son autre bras et enfouit son nez au creux de son cou pour respirer l'odeur de ses cheveux, le parfum de sa peau. Quel bonheur de goûter encore aux sensations d'un être vivant. Yuno connaissait la valeur d'une vie et il tenait à profiter de l'instant présent, car il était certain que cela ne pouvait pas durer. Il se laissa alors sombrer dans un état proche du sommeil.

Vendredi 30 Avril

Eléonor ouvrit les yeux et eut un sursaut de surprise. Elle s'était réveillée la tête posée sur la poitrine de Yuno, en sécurité entre ses bras. Elle se redressa et fixa son visage endormi. Il était beau, elle le savait déjà, mais là, il avait ce elle-ne-savait-quoi d'un dieu assoupi, ses traits adoucis et magnifiés par l'abandon de conscience.

— Ma pauvre fille, tu délires complètement.

Elle aurait sans doute dû le gifler, le sortir du lit de force, l'envoyer balader. Elle n'en fit rien. Après tout, il était son ami. Elle aurait agi de la même manière avec Gabriel. Elle se leva et sortit en silence, une expression de ravissement proche de la béatitude sur le visage. Elle se pinça pour se reprendre. Elle était ridicule de se conduire comme une gamine. Elle s'enferma dans la salle de bains et examina sa blessure au pied. Elle était propre. Elle prit une douche brûlante et s'installa dans le salon devant un bon petit-déjeuner. Son père était parti, Yuno dormait, le calme qui régnait dans la pièce était apaisant. Ces vacances étaient les bienvenues. Elle n'était pas loin de la crise de nerfs, entre les cours et les fantômes. Elle avait envie de ne rien faire, et elle avait tout prévu pour cela : isolement total, elle se murerait dans la musique et la lecture.

Yuno apparut une heure plus tard, les cheveux ébouriffés.

— Je ne savais pas que les fantômes pouvaient être chiffonnés, se moqua-t-elle.

Il s'assit sur le canapé et attrapa un magazine.

— C'est à ça que ressemblent tes vacances ?

— Oui.

Eléonor mordit dans sa tartine et se replongea dans sa série.

— Tu m'étonnes que tu ne connaisses rien aux garçons si tu passes ton temps à regarder la télé ou à lire des magazines d'un incroyable niveau intellectuel.

— Je vais faire comme si je n'avais rien entendu.

— C'est pourtant la vérité.

— Si je ne perdais pas mon temps avec des cas dans ton genre, j'aurais peut-être une vie sociale, tu ne crois pas ?

Yuno acquiesça et tourna la page d'un magazine féminin qu'il feuilletait.

— Ça ne te manque pas de pouvoir faire des choses de ton âge ?

— Quelles choses ? Aller en boîte, organiser des soirées beuverie ? Non merci, très peu pour moi.

— Tout simplement passer des moments avec tes amis.

— N'est-ce pas ce qu'on est en train de faire ? répliqua-t-elle.

Il sourit.

— Alors tu m'aimes bien ?

— Disons que je te supporte. Maintenant, tais-toi, sinon je vais perdre le fil.

— Ce n'est pas compliqué. Jennifer trompe Brandon avec Dylan et…

— Chut ! (Elle éclata de rire) Ça n'a rien à voir avec un soap américain. Retourne à tes lectures débiles.

— C'est toi qui les achètes.

— Oui, pour leur taux de stupidité très élevé.

— C'est ce qu'on dit. (Elle lui envoya une bourrade dans le dos) Pourquoi tant de haine ? se plaignit-il.

— Parce que tu le vaux bien.

Ils se turent et retournèrent à leurs activités passionnantes. Eléonor fixa Yuno, sa peau légèrement cuivrée, ses yeux bridés. Elle était même jalouse de ses cheveux noirs qui tombaient parfaitement, quelles que soient les circonstances.

— Qu'est-ce qu'il y a ? J'ai une mouche sur le nez ?

— Non.

— Pourquoi tu me regardes comme ça ?

— Pour rien. Je réfléchissais… à mon sujet de dissertation.

— Je suis flatté. (Elle ouvrit de grands yeux interrogateurs) D'être ton sujet de dissertation.

— Andouille, soupira-t-elle. Je suis sûre que tu es mort à cause de tes blagues pourries.

— Ce n'est pas impossible.

/

Le café n'avait pas changé depuis sa dernière visite, quatre ans plus tôt. Elle commanda un capuccino et s'assit près de la porte. Dehors, le vent agitait la mer et gelait jusqu'aux os, malgré la saison. Elle soufflait sur ses mains pour les réchauffer lorsqu'on l'interpella.

— Christine !

Elle sourit en reconnaissant Eléonor. Elle avait le bout du nez rouge, les joues colorées par le froid, et les yeux brillants.

— Je suis contente de te voir !

Elles se saluèrent chaleureusement.

— Tu t'en sors bien, avec tes fantômes ? demanda Eléonor après avoir passé commande d'un chocolat chaud.

Christine fit la moue.

— J'ai eu quelques soucis, mais j'ai réglé ça. Du moins pour le moment.

— Des agressions ?

— Oui… Toi aussi ?

Eléonor hocha la tête.

— J'ai l'impression que le monde devient fou, soupira Christine.

Être différent devient dangereux. Tu as entendu parler de ces morts inexpliquées ?

— Oui. C'étaient des gens comme nous.

— Nous sommes de moins en moins nombreux. Je ne sais pas ce qu'il se passe, mais ça m'inquiète. (Christine écarta le sujet du revers de la main) Sinon, comment vas-tu ?

— J'ai des hauts et des bas. J'arrive à me maintenir à niveau dans les études, mais ma vie sociale est inexistante… Les aléas du métier. Il ne me reste que mon meilleur ami. Enfin, tu connais ça.

— Malheureusement. Et ce n'est pas brillant côté cœur, je suppose.

Le regard d'Eléonor pétilla.

— Tu sais que je n'aime pas choisir la facilité. (Elle redevint plus grave) Je ne sais pas trop où j'en suis.

— Tu te doutes que tu ne peux pas vivre cet amour.

Eléonor baissa les yeux et porta à sa bouche la tasse que le serveur venait de déposer. Elle but quelques gorgées avant de déclarer :

— Qu'il soit à mes côtés me suffit.

Christine secoua la tête.

— Cela ne durera pas. Bientôt, tu voudras beaucoup plus.

— Je ne ferai pas la même erreur que toi.

— Qui a dit que c'était une erreur ? J'ai vécu les plus beaux moments de ma vie, et je ne regrette rien. J'espère qu'il en sera de même pour toi, quel que soit ton choix.

Eléonor vida sa tasse et la reposa sur la soucoupe en porcelaine.

— Merci de m'avoir écoutée.

— Si tu as besoin de conseils, ou juste d'une oreille attentive, tu sais que tu peux compter sur moi.

Eléonor se leva et se pencha pour l'embrasser sur la joue.

— À bientôt. Si tu viens à Paris, passe me voir.

— Je n'y manquerai pas.

La jeune fille sortit du café et se dirigea vers le port. Elle flâna sur les quais, observant les chalutiers qui se balançaient nonchalamment, bercés par le doux remous de l'eau. La cloche de l'église sonna dix-huit heures et Eléonor prit le chemin du retour. L'appartement était vide, son père devait être en compagnie de sa dernière conquête.

— Ton rendez-vous s'est bien passé ?

— Je n'ai pas obtenu de réponse satisfaisante.

— Quelle était la question ?

— Du genre qui ne te regarde pas.

Yuno haussa les épaules et retourna s'asseoir dans le canapé du salon, tandis qu'Eléonor disparaissait dans la cuisine.

— Si je me pose le même genre de question, je m'adresse à qui ?

La jeune fille revêtit un tablier.

— À personne, tu te débrouilles tout seul.

Elle revint au salon, se planta devant une étagère de CDs et fit sa sélection. Elle monta le son au maximum pour mieux en faire profiter les voisins et se mit à bouger la tête en rythme pendant qu'elle choisissait ses ingrédients. Faire la cuisine en compagnie d'une musique assourdissante lui permettait de ne penser à rien d'autre qu'aux mesures de farine.

— Montre-moi tes talents, dit-elle à Yuno qui la regardait faire. Tu es danseur si je me souviens bien.

— C'est vrai. Mais je ne suis pas très bon.

— Ne fais pas ton timide.

Elle papillonna des yeux et il succomba en riant.

— D'accord. Laisse-moi choisir la musique.

Il disparut dans le salon et un air de rock savamment mêlé de hip-hop envahit l'appartement.

— Tu es prête ? cria-t-il.

Yuno fit son entrée en star, le visage figé et le regard concentré. Ses premiers pas étaient simples, mais ce n'était qu'une mise en jambes. Il enchaîna une série de figures rapides et complexes, bougeant ses pieds avec une rapidité déconcertante. Et encore, les mouvements de jambes n'étaient rien, comparés à ceux du bassin. Il se déhanchait avec grâce et animalité. Yuno tourna sur lui-même et, adressant un regard de braise à l'intention de son unique spectatrice, il continua sur sa lancée. Il se débarrassa de sa veste, devenue trop gênante, et se lança dans un langage du corps subtil et sensuel. Mouvements d'épaules et de hanches, sauts et gestes de la main s'enchaînaient. Il s'immobilisa enfin et Eléonor ouvrit la fenêtre ; elle avait un peu chaud. Elle ne pensait pas que le voir danser la plongerait dans une sorte de transe admirative.

— Est-ce qu'il y a un truc que tu ne sais pas faire ?

— Des tas.

Eléonor n'entendit même pas sa réponse. Elle était distraite par ses pensées : Yuno était monté au rang de sex-symbol pour elle, et elle ne s'en remettait pas.

— Danse avec moi ! s'exclama son ami en l'attrapant par le poignet.

Ils s'engagèrent dans un pseudo-rock'n'roll acrobatique. Eléonor était échevelée et hilare, et s'amusait comme elle ne l'avait pas fait depuis longtemps. Le morceau ralentit et se fit plus doux. Ce fut tout naturellement qu'ils se retrouvèrent l'un contre l'autre pour un vrai-faux slow pris plus ou moins à la rigolade.

Les soupçons d'Eléonor étaient fondés. Elle craquait complètement pour Yuno. C'était triste et grisant à la fois ; elle se sentait si bien, là, dans ses bras. Elle ne parierait pas dessus, parce qu'elle n'était ni joueuse ni convaincue de son charme, mais elle pensait ses sentiments réciproques. Ce qui, justement, lui causait du souci. Un jour, l'un ou l'autre ferait un faux pas, se dévoilerait, et tout serait fini.

Tout comme elle, Yuno réfléchissait à leur situation. Ils étaient si absorbés qu'ils n'entendirent pas la musique s'arrêter.

— Si seulement on pouvait rester comme ça, murmura Yuno, sans se rendre compte qu'il s'était exprimé à voix haute.

Eléonor fit la sourde oreille. Le moindre aveu les séparerait. Elle se contenta de soupirer et de dire :

— Tu me marches sur les pieds.

/

Elle courait avec l'énergie du désespoir. La peur lui donnait des ailes. Ses longues enjambées ne suffiraient pas... Elle était en sueur et avait les poumons en feu, mais elle ne s'arrêta pas. Elle courait pour échapper à la Mort. Elle ne pouvait pas s'arrêter. Elle courait depuis longtemps. Trop longtemps. Des larmes de panique coulaient sur son visage et sa respiration devint de plus en plus laborieuse. Lorsqu'elle fut sur le point de suffoquer, elle s'arrêta. Elle inspira de longues goulées d'air et se tourna, résignée. Elle leva son visage vers le ciel et écarta les bras. Lorsque le froid d'une lame la transperça, une plainte lugubre lui échappa. Elle tomba à genoux.

— J'arrive, Darling, chuchota Christine.

Et la Furie s'abattit sur elle.

Dimanche 2 Mai

« Il faut que je fasse ton portrait. »
Eléonor leva la tête, étonnée.

— Pourquoi ?

— Ne bouge plus.

Yuno l'entendit marmonner dans sa barbe, mais elle s'immobilisa. Il dénicha un bloc de papier et un crayon, et commença à tracer quelques lignes. Plongé dans son travail, il perdit toute notion du temps, mais la jeune fille prit son mal en patience et posa pour lui sans dire un mot. Elle dormait à moitié lorsqu'il laissa tomber son crayon et tourna la feuille vers elle.

— Ce n'est pas moi, décréta-t-elle en riant.

— Bien sûr que si.

— Je ne suis pas si belle.

Il haussa les épaules.

— C'est comme ça que je te vois.

Elle jeta un œil au croquis où son double penchait la tête sur le côté, ses longs cheveux encadrant son visage pâle.

— Tu as beaucoup de talent.

— Merci. (Il fit mine de faire craquer ses doigts) Je n'avais pas dessiné depuis une éternité.

Le téléphone d'Eléonor vibra et elle consulta ses messages.

— Je vais être en retard !

— Tu as un rendez-vous ?

— Oui, avec Gabriel, j'avais complètement oublié.

— Ah... Ce n'est pas vraiment un rendez-vous, alors, dit-il avec un sourire satisfait.

Elle s'approcha de lui et se dressa sur la pointe des pieds pour voir son visage de plus près.

— Je peux savoir pourquoi ça semble te réjouir ?

Il pencha la tête pour être encore plus proche et leurs nez se touchèrent.

— Non.

Il s'écarta et rit de l'expression d'Eléonor, qui se tenait aussi immobile qu'une statue. Elle avait les yeux agrandis par la surprise, et peut-être un peu par la peur. *Pourquoi de la peur ?* s'amusa Yuno.

— Je suppose que ça ne pose pas de problème, si je t'accompagne.

— Je n'ai pas besoin de protection. Et Gabriel sera là.

— Tu n'as pas bien compris, je crois. Les gens qui t'en veulent ne sont pas des anges. Tu as la mafia et les fantômes aux fesses.

— N'importe quoi. Pas besoin d'exagérer pour m'accompagner. C'est d'accord, tu n'as qu'à venir.

Yuno soupira.

— Je te promets de ne pas te coller. Je me tiendrai *très* loin, ajouta-t-il avec insistance.

/

Gabriel chercha Eléonor. Elle n'était sans doute pas arrivée. Il vit un bras se lever et s'agiter dans la foule qui peuplait la terrasse du café. Il s'assit face à elle.

— Tu me surprends, je pensais que tu serais en retard.

— Tu vas bien ? Tu es tout pâle…

— Ce n'est rien, j'ai été un peu malade.

— Tu aurais dû me le dire, on aurait pu décaler.

— Non, je vais bien, je t'assure. Qu'est-ce que tu prends ? demanda-t-il en prenant la carte.

— Une glace à la vanille.

Gabriel passa commande et il se mit à discuter avec son amie. Au cours de leur conversation, Eléonor remarqua que le jeune homme faisait preuve d'un entrain dont il n'était pas coutumier.

— Tu es bizarre aujourd'hui.

Il haussa les sourcils, surpris, et secoua la tête. Le regard d'Eléonor s'illumina et elle posa son index sur la poitrine de son ami.

— Je sais ! s'exclama-t-elle. Tu as rencontré quelqu'un ! Je n'aurais jamais pensé que tu pouvais tomber amoureux. Tellement coincé, ajouta-t-elle pour elle-même.

— Pourquoi ça ? fit-il en rougissant.

— Dans le mille ! Il faut absolument que tu me la présentes !

— C'est impossible.

— Pourquoi ? Tu as honte ? Ah, je vois. Elle est moche et tu as peur des moqueries. C'est stupide comme réaction. Je ne suis pas jolie alors je ne me permettrai pas.

— Pas du tout.

Gabriel observa Eléonor pendant qu'elle mangeait sa crème glacée. Jusqu'à maintenant, il l'avait toujours considérée comme un être asexué. À présent, il avait conscience qu'elle était une jeune fille pleine de charme, ce qui le troublait. L'ambiguïté de leur amitié allait devenir difficile à gérer.

La sonnerie du téléphone de la jeune fille retentit et elle fouilla dans son sac.

— Excuse-moi.

— Qui c'est ?

— Aucune idée.

Elle ouvrit le clapet.

— Allo ?

— J'appelle de la part d'Angèle. Où êtes-vous ?

— Pardon ? Je… euh… Au café de la gare.

— Nous arrivons.

— Quoi ?

Elle se rendit compte qu'elle parlait dans le vide et raccrocha.

— J'ai bien peur de ne pas tout avoir compris... Où en étions-nous ? Ah oui ! Alors, cette fille, qui c'est ? attaqua-t-elle.

— Euh...

Gabriel avait été pris de court. Il pensait qu'elle avait oublié leur discussion, mais c'était la sous-estimer.

— Je la connais ?

— Oui.

— Elle est comment ?

— Eh bien...

Une berline noire s'arrêta devant la terrasse. Un homme vêtu d'un costume noir surgit et ouvrit la porte.

— Si mademoiselle veut bien se permettre de monter.

Eléonor se tourna pour voir à qui l'homme s'adressait, mais il n'y avait qu'un vieil homme installé derrière elle.

Yuno passa devant elle et monta dans le véhicule. Eléonor avait complètement oublié sa présence, une fois de plus.

— Qu'est-ce que tu attends ? lui dit-il. Rejoins-moi.

Elle se tourna vers un Gabriel abasourdi.

— Je dois y aller. Je t'expliquerai.

Elle plongea presque sur la banquette arrière, la portière se referma sur elle et la voiture démarra en trombe. Eléonor se retourna pour voir Gabriel à travers la lunette arrière. Il était immobile sur le trottoir. Il lui adressa un bref signe de la main et elle lui répondit de la même manière, avec en prime un sourire d'excuse.

— Tu ne risques rien avec eux, lui dit Yuno lorsqu'elle reprit place. (Elle l'interrogea du regard) Si je me souviens bien, c'est Angèle qui doit être protégée. Les activités de son père sont dangereuses pour elle, elle est constamment sous surveillance.

Eléonor prit son portable et fit mine d'envoyer un message. Yuno se pencha vers elle et posa son menton sur son épaule pour lire ce qu'elle écrivait.

Et si tu avais été tué à sa place ? Avec le poison, une erreur est si vite arrivée.

— J'y ai pensé. Je ne sais pas. Tu en apprendras plus lors de cette entrevue.

La jeune fille jeta un œil au paysage qui défilait. Le ciel s'assombrissait, de lourds nuages noirs s'y amoncelaient, cachant le soleil. La voiture s'éloignait de la ville, traversant les champs qui résistaient tant bien que mal à l'urbanisation. La route s'enfonçait dans une forêt. Ils roulèrent encore pendant quelques minutes et débouchèrent sur une plaine. Ils longèrent un immense mur de pierre. Un peu plus loin sur la droite se dressait un imposant portail de fer forgé qui s'ouvrit à l'approche de la voiture. Le gravier crissa sous les pneus du véhicule, qui s'arrêta devant les marches du perron d'une bâtisse du dix-neuvième siècle. Le chauffeur descendit et ouvrit la porte à Eléonor. Elle s'extirpa de la voiture le plus élégamment possible et admira le petit château. On l'invita à entrer dans un hall dallé de carreaux noirs et blancs, puis on la conduisit dans un salon du premier étage, où elle fut priée de patienter un instant. Elle acquiesça et, une fois seule, elle examina les lieux. La pièce était meublée de fauteuils anciens tendus de splendides tissus vert amande, couleur attribuée au salon. Sur une commode placée entre deux fenêtres étaient disposées plusieurs photos encadrées. Eléonor reconnut Yuno sur l'une d'elles, en compagnie d'Angèle. Elle prit le cadre. Ils semblaient heureux, souriant à l'objectif en s'arrosant mutuellement sur une plage.

— C'était il y a trois ans, se souvint Yuno en y jetant un œil.

— Ce doit être un bon souvenir…

— En effet, lui répondit une voix féminine.

Eléonor reposa précipitamment la photo et se retourna vivement, gênée.

— Excusez-moi, je ne voulais pas être indiscrète.

Angèle sourit.

— C'est à moi de m'excuser pour cette approche un peu brutale. Ta venue donne plus l'impression d'un enlèvement qu'autre chose. J'ai été longue à me décider. Mais il fallait que je parle à quelqu'un, et tu me paraissais être la meilleure solution.

Elle s'assit sur un sofa et croisa ses longues jambes.

— Mon père, sous couverture d'homme d'affaires propre sur lui, est un truand. L'année dernière, une transaction plutôt importante a échoué… La mafia est après lui, depuis.

— Yuno avait-il un rôle dans tout ça ?

— Il était l'intermédiaire. Il était lié avec les deux parties.

— Alors, ce serait un coup des Japonais ?

— Les yakuzas ne sont pas véritablement implantés dans ce pays et il n'était pas la cible. Mais c'est une possibilité qu'il ne faut pas écarter.

— La cible… C'était vous ?

— Oui. Yuno avait beaucoup d'amis dans la mafia.

Angèle lui tendit un papier plié en quatre.

— Tout est noté là-dessus. Moi aussi je les connais bien, mais nous ne sommes plus amis.

Eléonor le prit et le glissa dans sa poche sans le regarder.

— Pourquoi m'en parler maintenant ?

— Je ne sais pas. J'ai le sentiment qu'il te faisait confiance. J'ai connu Yuno suffisamment longtemps pour savoir qu'il a toujours choisi ses amis avec soin.

Elle soupira.

— Il me manque.

Eléonor s'avança et la serra brièvement contre elle dans un élan de sympathie.

Le crissement de pneus sur le gravier de l'allée attira Angèle à la fenêtre. Eléonor la suivit et vit cinq hommes émerger d'un 4x4 noir du même modèle que celui avec lequel on avait tenté de la renverser. Ils portaient des vêtements sombres et des lunettes de soleil malgré le ciel gris.

— C'est mauvais.

Ils disparurent sous le porche. Au rez-de-chaussée, une fusillade éclata, suivie de cris et d'une cavalcade.

— Mademoiselle ! (La porte du salon s'ouvrit sur le chauffeur d'Angèle, et accessoirement son garde du corps) Cachez-vous !

Il barricada la porte avec la commode et des sièges. Eléonor et Angèle cherchèrent un abri, en vain. Dans le couloir, les cinq hommes s'éparpillèrent pour fouiller un maximum de pièces en un minimum de temps.

Quelques minutes de silence, puis la poignée tourna. Il y eut plusieurs tentatives pour ouvrir la porte, avant qu'une pluie de balles traverse le panneau et les meubles. Les deux jeunes filles, poussées par le garde du corps, s'étaient réfugiées dans le coin droit de la pièce. La barricade disloquée fut ébranlée plusieurs fois. Au troisième coup de bélier, elle s'effondra et un homme armé d'un pistolet-mitrailleur entra. Il balaya la pièce d'un large geste, son arme crachant du plomb. Le garde du corps s'écroula après avoir fait bouclier de son corps. Son arme glissa sur le parquet ciré. Eléonor vit Angèle se pencher pour la ramasser et la saisir à deux mains, afin de viser leur agresseur. Il y eut une courte fusillade pendant laquelle Yuno se jeta devant Eléonor pour la protéger. Une balle le traversa et Eléonor tomba à genoux. Lorsque le silence revint, Angèle vacilla et s'écroula comme une masse, alors que l'homme était encore debout malgré des blessures à l'épaule et au flanc. Sans plus réfléchir, Eléonor prit la main d'Angèle et pressa la gâchette en appuyant sur le doigt crispé. Une fois. Deux fois. Il était mort. Tout comme Angèle. Du sang coulait de son front percé, ses yeux encore ouverts étaient couverts d'un voile.

— Je suis vraiment stupide.

Yuno s'accroupit près du cadavre d'Angèle et lui ferma les paupières.

— Pourquoi ?

— Il n'y a qu'un imbécile comme moi qui peut penser pouvoir protéger quelqu'un avec son corps de fantôme. Je suis déjà mort. Je ne peux plus arrêter les balles.

— Le fait que tu aies décidé de te sacrifier me touche beaucoup.

— Tu es blessée, laisse-moi voir.

Eléonor baissa les yeux sur son chemisier taché de sang.

— Ce n'est rien.

— C'est aussi ce que je pensais avant de mourir.

La jeune fille soupira et leva le bas de son vêtement. Yuno essuya le sang qui suintait avec sa paume. Elle frissonna.

— La balle n'a fait qu'effleurer tes côtes.

— Tout va bien alors. (Mal à l'aise, à bout de nerfs, Eléonor prit brutalement ses poignets et s'exclama) Ne me touche pas !

Yuno allait répliquer, lorsqu'une voix l'interrompit.

— Al ! Qu'est-ce que tu fous ?

— Sauve-toi !

Eléonor se précipita vers la fenêtre, l'ouvrit et, sans plus réfléchir, elle sauta dans le vide. Elle se réceptionna tant bien que mal et roula sur le côté, puis se releva et courut vers les arbres pour se mettre à couvert.

— Arrêtez-la !

Elle accéléra sa course. La pluie glacée transperçait ses habits légers et la gelait jusqu'aux os. Malgré tout, elle continua d'avancer, faisant de longues enjambées, comme si la boue qui collait à ses pieds ne la ralentissait pas. Plusieurs détonations la firent sursauter, suivies d'un hurlement de douleur. Il y eut un moment de silence puis un dernier coup de feu claqua.

— Celui-là a son compte. Occupez-vous des autres !

Eléonor avait les poumons en feu et les jambes lourdes, mais pour rien au monde elle ne se serait arrêtée. Elle bondit par-dessus un tronc d'arbre couché en travers du chemin, puis se baissa pour éviter une branche. Sur la gauche, elle aperçut le mur qui clôturait la propriété. Lorsqu'elle changea de direction, son pied dérapa. Elle glissa, emportée par son élan, et s'étala dans la boue. Si Yuno ne l'avait pas forcée à se relever, elle serait restée allongée sur le sol, trop épuisée pour continuer. Ses cheveux trempés tombaient sur ses yeux. Elle les écarta avant de prendre son élan pour franchir le mur. Aidée par Yuno, elle se hissa avec difficulté et regarda de l'autre côté. Elle soupira de soulagement lorsqu'elle ne vit personne et se laissa glisser jusqu'au fossé qui bordait la route.

/

— N'y va pas ! s'exclama Yuno en la retenant par le bras. Ils sont sûrement en train de t'attendre.

— Je n'ai nulle part d'autre où aller.

— Va chez Gabriel, dit-il, un peu à contrecœur.

Il ne voulait pas qu'elle aille le trouver. Demander l'aide de Gabriel signifiait pour lui la perte du monopole de protecteur et cela l'ennuyait un peu. Cependant, la vie d'Eléonor en dépendait, il devait mettre de côté sa jalousie.

— Je ne veux pas l'impliquer dans quelque chose qui nous dépasse complètement.

— C'est ton meilleur ami. Il ne te jettera pas dehors.

— D'accord.

La nuit était tombée. Eléonor avait froid et ses vêtements trempés lui collaient à la peau. Gabriel habitait à une demi-heure de chez elle. Elle parcourut cette distance en alternant course et marche rapide. Arrivée devant sa maison, elle se sentait faible, épuisée et découragée.

Elle tira son portable de sa poche et composa le numéro de son ami.

— Allo ?

— Gabriel… Je suis devant ta porte… dit-elle avant de raccrocher.

Elle franchit le portail et s'appuya à la poutre qui soutenait le porche pour reprendre son souffle.

— Je vais surveiller les environs, lui dit Yuno. Tu es entre de bonnes mains, maintenant.

Elle acquiesça. Au même instant, quelqu'un alluma le hall et la porte s'ouvrit.

Gabriel comprit immédiatement que quelque chose clochait. Eléonor était trempée, couverte de boue et de sang ; elle tremblait comme une feuille et le fixait avec le regard vide. Au moment où il fit un pas en avant, les jambes de la jeune fille cédèrent. Il la prit dans ses bras et la porta à l'intérieur. Ses parents n'étaient pas encore rentrés ; il n'allait pas subir l'épreuve d'un interrogatoire. Il l'emmena dans sa chambre et l'allongea sur le lit. Il posa la main sur son front. Elle avait un peu de fièvre. Il alla dans la salle de bains pour remplir la baignoire d'eau puis il revint pour chercher son amie. Il lui ôta ses vêtements et la plongea dans le bain en sous-vêtements. Avec un gant, il essuya les traces de boue et de sang de son corps puis il tira le bouchon et l'eau s'écoula. Il la sécha avec une serviette tiède et lui fit enfiler un de ses t-shirts. Il la ramena dans sa chambre et entreprit de la soigner.

— Qu'est-ce que tu fais ? demanda-t-elle, les yeux mi-clos.

— Je… euh… Je te jure que je n'ai rien regardé !

Elle se mit à rire et déclara d'une voix ensommeillée.

— Ce n'était pas un reproche…

Elle s'endormit avant de terminer. Gabriel la couvrit de sa couette. La porte d'entrée claqua.

— Gabriel ? Chéri, tu es là ?

Le jeune homme regarda la porte de sa chambre, Eléonor puis à nouveau la porte. Ses parents ne devaient absolument pas savoir qu'une fille dormait dans sa chambre, même si c'était en tout bien tout honneur, sinon la catastrophe le guettait. Il se félicita d'avoir fait sa crise d'adolescence quelques années auparavant. Depuis, ses parents interféraient beaucoup moins dans sa vie. Il descendit à la cuisine, prétextant une fringale et signala d'un ton sec à sa mère qu'il ne voulait pas être dérangé. Elle en déduisit qu'il avait passé une mauvaise journée, tout en hochant la tête, signe qu'elle comprenait. Gabriel retourna dans sa chambre et la ferma à clef. Il se planta devant la fenêtre pour débusquer un quelconque rôdeur puis tira les rideaux en secouant la tête pour chasser sa paranoïa. Il s'assit à son bureau et observa la silhouette endormie d'Eléonor, se demandant quelle raison avait pu l'amener à venir le trouver chez lui à cette heure tardive, et dans un état si déplorable.

Lundi 3 Mai

Eléonor bâilla et s'étira. Elle avait eu un moment de panique en s'éveillant, mais il était vite passé, car elle avait reconnu la chambre de Gabriel. Elle avait mal partout d'avoir autant couru et le côté la tirait un peu, là où la balle l'avait touchée. Elle repoussa la couette, lança ses jambes hors du lit et se leva avec peine. Gabriel dormait, appuyé sur son bureau, la joue sur une pile de feuilles. Elle se pencha vers lui et approcha son visage de celui du jeune homme pour lui souffler sur le front. Il ouvrit les yeux et eut un violent mouvement de recul qui le fit basculer de la chaise. Il posa la main sur sa poitrine, où son cœur s'était emballé.

— Ne me fais plus jamais une telle frayeur ! s'exclama-t-il.

— Excuse-moi.

Il se releva et observa la mine contrite d'Eléonor.

— Tu seras pardonnée si tu me donnes une bonne explication.

— Ah… Vraiment désolée pour le dérangement. Je n'aurais pas dû garder cette histoire pour moi.

Elle s'assit sur le bord du lit et lui rapporta son enquête sur le meurtre de Yuno, sans toutefois préciser que le Japonais était un fantôme.

— Tu es une inconsciente ! T'embarquer dans cette histoire sans même réfléchir aux conséquences ! Bon sang, cette fille est morte ! Toi aussi, tu aurais pu y passer ! Est-ce que tu te rends compte ?

— Je suis désolée.

— Est-ce que tu as pensé à ton père ? À moi ?

— Pourquoi toi ?

— Tu es ma meilleure amie, s'énerva-t-il en bafouillant un peu. Tu comptes énormément pour moi… Même si ça semble t'étonner.

Il s'embrouilla sous le regard sceptique de la jeune fille.

— Ça ne te ressemble pas de parler comme ça.

— Oui, bon… Peut-être que la mort ne t'angoisse pas, mais je ne peux pas imaginer ma vie sans toi à mes côtés…

— Je comprends.

— Qu'est-ce que tu vas faire ? finit-il par demander.

— Je ne sais pas.

— Tu peux rester ici autant que tu le voudras.

— Tu es bizarre.

— Tu trouves ?

— Je m'attendais à ce que tu me jettes dehors, avoua-t-elle. Tu n'es pas le genre de personne à prendre des risques.

— Tu ne fais pas assez confiance à ceux qui t'entourent. C'est vexant.

Il se planta devant la fenêtre qui dominait la rue et fixa à travers les rideaux le voisin qui jardinait.

— Tu es fâché ? demanda-t-elle en s'approchant, un sourire moqueur aux lèvres. (Elle redevint sérieuse devant l'air grave de Gabriel) Ça ne va pas ?

— Non. Tu as failli disparaître de ma vie et en plus tu ne me fais pas confiance. La salle de bains est libre, dit-il en ouvrant la porte attenante à la chambre. Je t'ai trouvé des vêtements.

— Merci. Sincèrement.

Il la regarda et retrouva le sourire. Eléonor s'enferma et ouvrit la fenêtre. Yuno se trouvait à quelques mètres en contrebas, négligemment appuyé sur la clôture.

— Yuno ! Pst !

Elle n'osait pas parler trop fort, mais il n'entendait pas alors elle haussa la voix.

— Eh !

Il leva la tête, mais dans la mauvaise direction.

— Derrière toi !

Il se tourna vers elle. Elle le trouva craquant avec son air perdu, puis elle se pinça pour écarter cette pensée inopportune.

— J'ai une idée pour me sortir du pétrin. J'ai besoin de toi pour transmettre un message.

— Je ne veux pas être mêlé à ça.

— Allez, dis oui.

— Non.

— Je te revaudrai ça. Promis.

— D'accord, j'accepte. Mais juste pour cette fois, que ce soit bien clair.

— Merci ! Je t'expliquerai tout ça plus tard, d'accord ?

Il hocha la tête et murmura :

— *Baka*[1]. Elle fait tout ce qu'elle veut de toi.

/

Le soleil dardait ses derniers rayons. Eléonor ouvrit la fenêtre et s'accouda au montant pour profiter de l'air du soir.

— Eléonor…

Elle se raidit. La voix venant d'outre-tombe se fit à nouveau entendre.

— Eléonor…

Elle sentit une présence derrière elle. Elle se retourna lentement. Avant qu'elle puisse hurler, un doigt se posa sur sa bouche.

— C'est moi, Angèle.

Eléonor reconnut le visage de la jeune femme sous le masque de sang et se détendit instantanément.

— Désolée, j'ai eu peur.

---

[1] Imbécile

— Ce n'est rien. C'est ta chambre ?

— Non. Je suis chez un ami. Il est sorti et ses parents travaillent. Comment m'as-tu trouvée ?

— Tu as laissé ton sac. J'ai fouillé dans tes affaires, excuse-moi. Je te l'ai ramené, d'ailleurs. Et puis c'est comme si tu avais un aimant qui m'attirait vers toi. C'est assez étrange de ne pas savoir où on va, tout en sachant qu'il s'agit de la bonne direction.

Eléonor observa l'amie de Yuno et lui demanda :

— Comment te sens-tu ?

— J'ai connu des jours meilleurs.

— Je me doute. (Eléonor s'assit sur la chaise de bureau et s'amusa à tourner sur elle-même) Quelle est ta quête ?

Angèle ne comprit pas. Elle réfléchit longuement à cette question digne d'un sphinx et déclara, déroutée :

— Je ne sais pas.

Eléonor s'immobilisa avec un sourire espiègle.

— Moi je sais. Reste ici.

Elle descendit au salon et ouvrit la porte-fenêtre qui donnait sur un petit jardin parfaitement entretenu. Elle contourna la maison et aperçut le dos de Yuno. Il était comme la veille, appuyé à la barrière et faisait le guet. Eléonor le soupçonnait de faire son travail à moitié, car il n'avait pas vu Angèle passer. Elle se faufila derrière lui et lui donna une tape sur l'arrière de la tête.

— Hé !

Il se tourna, se frottant le crâne.

— Retourne dans la maison.

— Viens avec moi. J'ai une surprise pour toi.

— Que me vaut cet honneur ?

— Tu as été sage.

Il fixa son visage, pesant le pour et le contre.

— J'arrive.

Il sauta par-dessus la courte haie et se planta devant Eléonor. Elle le prit par la main et l'entraîna dans la maison.

— Pourquoi tu cours ? Ça ne peut pas attendre ?

— Non.

Elle se rua dans les escaliers et le tira jusqu'à la porte de la chambre de Gabriel.

— Ferme les yeux.

— Pourquoi ?

— Arrête de poser des questions.

Elle plaqua ses mains sur le visage du jeune homme.

— Pousse la porte, elle est ouverte. Maintenant, fais un pas en avant. Parfait.

Elle retira ses mains.

Angèle et Yuno se fixèrent longtemps sans rien dire. La jeune femme fut la première à réagir et sauta au cou de son ami.

— C'est bon de te revoir.

— C'est assez inattendu et les circonstances ne sont pas des meilleures, mais... moi aussi je suis content.

Eléonor recula et ferma la porte pour les laisser seuls. Cependant, elle ne s'éloigna pas, afin de pouvoir entendre ce qu'ils allaient dire. Ils échangèrent quelques banalités, puis Angèle déclara :

— Tu sais, je regrette de t'avoir laissé pour Ryo.

— Vraiment ? demanda Yuno, et Eléonor sentit de l'amertume dans sa voix.

— Écoute, tu as cinq ans de moins que moi. Tu avais beau être mature, tu n'étais qu'un gamin. Quand Ryo s'est montré, je suis tombée dans le panneau. Je suis consciente d'avoir tout gâché.

— Nous aurions dû parler de ça avant. Nous faisons preuve d'un énorme manque de communication.

— C'est trop tard, n'est-ce pas ? (Yuno ne dit rien) J'ai compris. Tu en pinces pour elle ?

— Peut-être. Toujours est-il que les choses ont changé, on ne peut pas vivre dans le passé.

— Je parie qu'elle est moins compliquée que moi.

— Elle a son petit caractère, mais rien de comparable à tes crises... Elles me rendaient malade.

— Tu n'es pas mal non plus, dans le genre. Ne me fais pas passer pour l'hystérique de l'histoire ! fit-elle en riant. (Elle reprit sur un ton plus sérieux) Alors, tout est fini ?

— Tout est fini, confirma Yuno.

— Très bien. Tu sais que je t'aime ?

— Oui.

— Alors adieu.

Eléonor attendit cinq minutes avant d'entrer. Yuno était seul.

— Où est-elle ?

— Évaporée. C'est un phénomène assez curieux.

— Tu veux la rejoindre ?

Il secoua la tête et elle se sentit soulagée.

— Ce n'est pas ma place. Je... dois reprendre mon poste.

— Tu es complètement fou, dit Eléonor pour elle-même.

— Tu n'as encore rien vu, répondit-il en sortant.

Jeudi 6 Mai

Le wagonnet s'arrêta brutalement, secouant tous les passagers. Eléonor en sortit, hilare et décoiffée.

— J'adore les montagnes russes. On y retourne ?

Gabriel arborait un teint verdâtre très seyant ; il lui adressa un regard implorant.

— S'il te plaît, on vient de manger.

— Je t'avais dit de prendre un petit-déjeuner léger. Attends-moi là.

— Ce n'est pas prudent.

— J'ai un ange gardien avec moi ! cria-t-elle en s'éloignant.

— C'est moi, l'ange gardien ? demanda Yuno. (Elle hocha la tête avec un sourire) C'est marrant, j'ai plutôt l'impression d'être une chandelle, dit-il avec humeur.

— Ma relation avec Gabriel te pose un problème ?

— Pas du tout.

— Alors qu'est-ce que tu insinues dans ce cas ? Nous sommes juste amis.

— C'est à toi de monter.

Il était encore tôt, il n'y avait pas beaucoup de monde dans la file d'attente. Eléonor s'installa dans le wagon et baissa le harnais de sécurité.

— Éclate-toi ! lança-t-elle à son voisin invisible.

Yuno lui répondit par son irrésistible sourire en coin.

Au même moment, Gabriel attendait, perdu dans ses pensées. Depuis quelques jours, il avait une conduite bizarre, il fallait qu'il se jette à l'eau. Il n'en pouvait plus des non-dits, des quiproquos et des sous-entendus incompris.

Justement, Eléonor courait vers lui en faisant de grands gestes, comme une gamine.

— Tu vas mieux ?

— Oui.

— Ça va être l'heure du rendez-vous, on ferait mieux d'y aller.

— Avant, il faut que je te parle de quelque chose.

— Ça ne peut pas attendre ?

— Non.

Il était catégorique et son ton sans appel intrigua son amie.

— Je t'écoute.

— Voilà. On est amis depuis longtemps et ça a toujours été très ambigu entre nous. J'aimerais qu'on définisse nos limites une bonne fois pour toutes.

— Pourquoi ? Je ne comprends pas.

Il soupira et se pencha pour déposer un baiser sur ses lèvres.

— Tu as compris maintenant ? Je veux plus qu'une simple amitié.

Eléonor resta muette et s'assit près d'un marchand de barbe à papa. Gabriel lui donna un coup de coude et elle aperçut un jeune homme d'environ vingt-cinq ans, vêtu d'un costume noir et d'une cravate rouge. Il avait les cheveux longs, retenus en arrière, et ses yeux étaient dissimulés derrière des lunettes noires. Il tenait un ballon rouge dans la main. Elle lui fit un signe et il s'approcha, après avoir lâché la ficelle du ballon qui s'envola paresseusement dans le ciel sans nuages.

— Je ne pensais pas que c'était une si jolie jeune fille qui voulait me voir.

— Flatteur… J'ai besoin de votre aide.

— À quel sujet ?

— Angèle Cohen était bien votre petite amie ?

— Oui, il y a déjà un moment.

— Elle est morte.

— Pardon ?

— Et ceux qui l'ont tuée en ont après moi.

— Et tu veux que je t'aide ? Pourquoi est-ce que je ferais une chose pareille ?

— Je suis… J'étais une amie de Yuno… J'espérais pouvoir compter sur vous, ou votre vengeance…

L'homme eut un sourire.

— Et tu as eu raison.

/

Lorsqu'elle rentra dans son appartement, Yuno s'y trouvait déjà. Il lui avait faussé compagnie pendant qu'elle s'entretenait avec l'homme en noir.

— Tout est provisoirement réglé, annonça-t-elle en se laissant tomber sur son lit. Ce fut une rude journée.

— Dis-moi tout.

— J'ai rencontré le fameux Ryo. Il m'a promis de mettre personnellement fin à cette chasse à l'homme. À l'avenir, il m'a dit que je pourrais compter sur lui.

— Son frère Toma est charmant. Mais lui est une vraie furie.

— Vraiment ? Ah… Tu savais que Gabriel espérait autre chose qu'une belle et franche amitié ?

— Oui.

— Tu étais au courant ? demanda-t-elle, interloquée. Et tu ne m'as rien dit ?

— Je pensais que tu comprendrais les signaux qu'il t'envoyait, qui, soit dit en passant, étaient plus que flagrants.

— Je n'ai rien vu.

— Ça ne m'étonne pas de toi. Qu'est-ce que tu vas lui répondre ?

— Je dois faire le point.

— Refuse. Il n'est pas pour toi.

— Quoi ? (Elle se releva et lui fit face) Qu'est-ce qui te permet de dire ça ?

— C'est un gars bien, je te l'accorde. Mais il ne comblera pas tes attentes. (Elle voulut le gifler, mais il l'attrapa par le poignet avant qu'elle ne l'atteigne) Tu sais que c'est vrai, et c'est pour ça que tu es en colère.

La jeune fille se calma.

— Si lui ne convient pas, alors qu'il frise la perfection, qui serait l'homme idéal ? Toi peut-être ? fit-elle, sarcastique.

Il posa une main sur sa nuque et l'embrassa. Yuno fit glisser ses doigts le long de son poignet et les entrecroisa à ceux d'Eléonor.

Elle recula et se sépara de lui.

— C'est mal.

— Tout ce que je veux, c'est être près de toi.

Il la prit dans ses bras et la serra contre lui.

— Tu sais bien que c'est impossible, dit-elle en calant sa tête contre son épaule.

— Oui.

Il lui caressa les cheveux, songeur.

— Je croyais pouvoir m'abstenir d'en parler et faire comme si de rien n'était. C'était un accord tacite entre nous, nous savions que nous devions nous taire. Je me suis trompé. (Il soupira tristement) Je pensais avoir plus de volonté… Il vaut mieux que je parte.

Elle hocha la tête. Il se détacha d'elle, posa un baiser sur son front et sortit. Eléonor se laissa tomber sur les genoux, complètement abattue.

/

— Tu es un abruti !

Le poing fila et s'écrasa sur l'écorce du tronc d'arbre. Il s'abattit dessus à plusieurs reprises, de plus en plus violemment. Yuno fixa ses phalanges, qu'il aurait tant voulu voir meurtries et ensanglantées. Mais il n'y avait rien. En revanche, il fut pris d'un haut-le-cœur qui le plia en deux. Comme au soir de sa mort, ce fut douloureux, mais pas assez à son goût. Lorsqu'il cessa de vomir, il se redressa et fit quelques pas. Il sentait le désespoir peser sur ses épaules comme une chape de plomb. En cet instant, il se détestait plus que quiconque. Il ne lui avait fallu que quelques secondes pour tout gâcher, aveuglé par une misérable crise de jalousie. Il s'assit au bord du trottoir et se prit la tête dans les mains.

— Un coup dur ?

Un homme s'assit à côté de lui.

— On peut dire ça.

— J'ai ce qu'il faut pour toi.

— Qu'est-ce que c'est ? Un remède miracle ? fit-il, ironique.

— Moi aussi, j'ai beaucoup souffert après ma mort. Il te suffit d'accepter mon aide pour soulager ta peine.

Yuno observa son interlocuteur. C'était un homme d'environ cinquante ans, émacié et vêtu d'une blouse d'hôpital.

— Vous êtes mort de quoi ?

— Cancer.

— C'est moche.

L'autre hocha la tête.

— Que dirais-tu de m'accompagner ? Ça fait un moment que tu intéresses mon supérieur.

Le jeune homme glissa un regard à l'immeuble d'Eléonor.

— Pourquoi pas.

— Tu fais le bon choix.

L'homme se leva.

— Appelle-moi Hans.

— Je suis Yuno.

— Suis-moi.

Ils marchèrent longtemps. Yuno regardait devant lui sans voir où il allait, perdu dans ses pensées. Il sortit de sa torpeur pour remarquer qu'ils se trouvaient à présent dans un riche quartier aux maisons anciennes. Hans désigna une bâtisse sombre qui se dressait comme une ombre au bout d'une allée envahie de mauvaises herbes et couverte de feuilles mortes, construite à l'écart des autres habitations.

— C'est ici.

Il franchit la grille. Une femme portant une torche apparut sur le perron et vint à leur rencontre.

— La maison est hantée depuis qu'un homme y a assassiné sa femme et ses enfants, fit Hans en riant, à l'adresse de Yuno. Enfin, c'est ce qu'on dit.

Le jeune homme comprit ce que son accompagnateur voulait dire une fois à l'intérieur. Dans la salle de bal étaient réunies des dizaines de personnes mortes, depuis des siècles pour certaines. Il était tellement absorbé par la contemplation des différents membres de cette assistance hétéroclite qu'il ne vit pas Hans s'éclipser. Il n'eut pas le temps de déplorer cette perte, car une jeune femme vêtue d'une splendide robe du dix-septième siècle le remplaça. Le corset serré soulignait la finesse de sa taille et faisait ressortir sa poitrine et ses épaules nues. Elle avait les cheveux blond vénitien, coiffés à la Fontanges, le teint blanc et la bouche peinte en rouge.

— Tu es nouveau ici, n'est-ce pas mon chou ?

— Oui.

— Notre club est passionnant.

Elle l'attrapa par le bras et se colla à lui.

— Tu vas voir, tu vas te plaire ici. Rasparovic est un meneur hors pair. Il a réuni des centaines de morts et s'est imposé par son charisme extraordinaire. Nous sommes tous en admiration devant lui. Tu arrives au bon moment, il va bientôt s'adresser à nous.

Yuno eut un sourire amusé en pensant qu'elle lui faisait la publicité d'une secte.

Quelques instants plus tard, les lumières s'éteignirent et un homme apparut au centre de la salle, seulement éclairé par une lueur bleutée qui semblait émaner de nulle part. Il paraissait immense, mais Yuno remarqua que c'était son lourd manteau de fourrure et son bâton de bois sculpté qui le rendaient imposant. Rasparovic rejeta ses longs cheveux gris en arrière et son visage, jusqu'alors baissé, apparut à la foule. Il avait les traits durs. Son profil était celui d'un oiseau de proie, avec son nez busqué et ses petits yeux noirs méfiants, sans cesse à l'affût. Il avait le front large et légèrement dégarni. Il portait des habits d'un autre âge, sombres et désuets, sans parvenir à être ridicule.

— Je vous salue, mes amis, déclara-t-il d'une voix rauque en ouvrant les bras. La gloire est à portée de main ! Et bientôt le monde sera à nous !

Yuno n'écouta pas ce qui lui parut être un délire sans nom, mais faisait mine d'adhérer à ses théories fumeuses, tout en se demandant dans quoi il s'était encore embarqué. La croqueuse d'hommes était toujours accrochée à son bras. Il n'aimait pas trop cette fille et ne pouvait s'empêcher de faire la grimace à son contact. Elle était à l'image de la pièce, symbolisant la splendeur du passé sans parvenir à dissimuler son délabrement. Tout ça le dégoûtait, mais il avait le sentiment qu'il devait rester.

Le discours de Rasparovic s'acheva sur un tonnerre d'applaudissements. L'homme s'avança alors vers Yuno, tandis que les autres âmes vaquaient à leurs occupations.

— Aurais-tu cinq minutes à m'accorder ?

— Au moins dix, si nécessaire.

Les lèvres minces du Russe s'étirèrent en un rictus qu'il fallait considérer comme un sourire amical.

— Nous serons plus au calme dans mon bureau, invita-t-il Yuno.

Ils sortirent de la salle illuminée et traversèrent le hall glacial ouvert aux quatre vents. Rasparovic poussa une porte. Yuno trouva ce bureau lugubre. Les carreaux de la fenêtre étaient brisés et les morceaux de verre jonchaient encore le sol. Les murs étaient tachés d'humidité et une légère odeur de moisi flottait dans l'air. Le tapis élimé avait connu des jours meilleurs, à n'en pas douter, et le bureau semblait tout droit sorti du rebut. Aucune lampe n'éclairait ce lieu sinistre. Yuno frissonna.

— Je me présente officiellement, Serguei Rasparovic.

Yuno lui serra la main, tout sourire.

— Installe-toi.

Le jeune homme s'assit dans un fauteuil défoncé tandis que le Russe prenait place dans un siège à peine mieux conservé.

— Sais-tu où tu te trouves ?

— Dans une maison abandonnée, pourrie et remplie de fous.

— Certes, certes… Tu n'as pas une petite idée sur ce que nous préparons ?

— Un bal costumé peut-être ?

— Ne te fais pas plus bête que tu ne l'es.

Yuno haussa les épaules.

— Hans ne m'a pas vraiment mis au courant, mais vous avez clairement exposé vos intentions lors de votre discours. Dites-moi plutôt ce qu'une armée de fantômes complote ?

— Une armée… Oui c'est exact. Cette armée, comme tu dis, va éradiquer la race humaine de la Terre.

— Pourquoi ? Ils n'ont aucune conscience de notre présence.

— Certains, si. Et eux actifs, nous ne pouvons avoir aucune prise sur le monde.

— *Vous* ne pouvez avoir aucune prise, corrigea Yuno. (Il croisa les bras sur son torse) Ce que vous essayez de m'expliquer, c'est que vous voulez gouverner le monde, n'est-ce pas ? Je suppose que c'était déjà le cas de votre vivant, mais pour une raison quelconque vous êtes mort. La soif de pouvoir doit être éternelle et, en tant que méchant de l'histoire, vous vous devez de continuer sur la même voie. Ceux qui vous ont combattu vont s'en mordre les doigts. Maintenant, au lieu de régner d'une main de fer sur un pays d'êtres de chair et de sang, vous allez asseoir votre pouvoir sur un monde de morts… (Il hocha la tête d'un air entendu) C'est intéressant.

Serguei l'avait écouté en silence, se caressant le menton de la main droite.

— Visiblement, je n'ai pas besoin de t'expliquer, tu as tout compris.

— J'ai une question. Comment comptez-vous faire régner la terreur, car je suppose que ce sont là vos méthodes, sur des gens déjà morts et qui n'ont, par définition, plus rien à perdre ?

— Je te le dirai si j'estime que tu es digne de ma confiance, dit-il en s'appuyant sur le bureau qui les séparait.

Yuno fit de même et approcha son visage de celui du Russe.

— Et que dois-je faire pour cela ?

Rasparovic ouvrit un tiroir et jeta une photo sur le sous-main taché d'encre séchée. Yuno la prit.

— Tu la connais ?

— Oui, admit-il.

— Cette fille est un obstacle.

— Je m'en doute. Elle peut nous voir.

— Elle a hérité d'un pouvoir qui se transmet de génération en génération, depuis des temps immémoriaux. Il lui vient de sa mère.

— Je sais cela. Elle me l'a dit.

— Quelles sont tes relations avec elle ? Mes hommes t'ont vu à ses côtés pendant quelques semaines.

— Peut-être que je ne me suis trouvé aucune affinité avec elle parce que je préfère les filles un peu stupides, comme la jolie blonde…

— Béatrice ?

— Sans doute. Ou peut-être que je l'aime tellement que j'ai décidé de la tuer pour que nous soyons ensemble pour l'éternité, qui sait ?

— Cette fille doit mourir. C'est un bon moyen de te tester, si tu es chargé de ce travail.

Yuno ne manifesta pas la moindre émotion.

— Si j'étais à votre place, j'attendrais qu'elle relâche son attention pour l'attaquer. Elle est trop méfiante pour l'instant. Il faut la prendre par surprise.

Serguei répondit après un long moment de réflexion.

— Tu me plais, sale petit opportuniste…, déclara-t-il enfin. Je savais que tu nous serais utile, alors je t'ai observé. Tu as beaucoup de potentiel… Je vais te faire une confidence. Peu de gens sont au courant.

— Je vois. C'est donc un privilège pour moi… En même temps, j'imagine que vous êtes entouré d'un bon nombre d'incapables.

— Exact, fit Rasparovic en ricanant. Mon recrutement est assez limité, vois-tu.

Il se leva et se dirigea vers une croûte suspendue au mur. Il la décrocha et la posa sur le sol. Yuno s'attendait à voir un coffre-fort encastré dans le mur, mais il n'y avait que des briques descellées que le Russe retira une à une. Il enfonça son bras dans le trou sombre pour en extirper un objet enveloppé dans un sac de velours noir. Il en défit les cordons et posa sur le bureau une boule transparente.

— Ceci est un trésor inestimable si l'on en connaît la vraie valeur. Il existe des personnes possédant un don qui peut paraître inutile, mais si on rassemble ces pouvoirs en une seule entité, alors cette dernière devient toute-puissante. Chaque fois qu'une lignée s'éteint, le don ne peut être transmis. Cette modeste boule de verre est le réceptacle du flux qui n'a plus personne pour le conserver. Par exemple, cette chère Eléonor n'ayant pas d'enfants, il nous suffit de l'éliminer pour que son don nous appartienne. Mais c'est une véritable dure à cuire… Et pourtant, c'est l'une des dernières dotées d'un pouvoir qui survive.

— Raison de plus pour ne pas se précipiter.

— Je crois que j'ai trouvé en toi une excellente recrue, conclut Rasparovic avec un rictus terrifiant.

Mardi 12 Mai

Le fantôme examinait le long bâton sur lequel il s'appuyait pour marcher. Il le posa sur son bureau et caressa sa barbe, pensif. Son esprit tournait à plein régime. Il avait eu une illumination quant aux modifications qu'il pouvait apporter à ce qui paraissait être un simple bout de bois. Il marmonna quelques mots en russe et s'empara d'un vieux coupe-papier. Il grava de nouveaux symboles sur la canne. Chaque entaille s'enflammait et s'éteignait immédiatement. Rasparovic souffla sur son travail, admirant les nouvelles lignes qu'il venait de tracer.

Il se leva et alla à la porte. Il l'ouvrit et fit signe à Yuno d'entrer en compagnie d'un petit homme qui avait une tête de rat.

— Je crois que je suis au point, leur annonça-t-il. Yuno, tu vas voir comment on mène un esprit au doigt et à l'œil.

Le Russe se tourna vers l'homme-rongeur et l'observa. Il était chétif, d'aspect maladif et Rasparovic le savait bête, influençable et mesquin.

— Tu as peur ? fit-il.

L'autre baissa les yeux et serra les genoux pour les empêcher de trembler.

— Non, mentit-il.

— Tu devrais, répliqua Rasparovic.

Il soupesa son lourd bâton et l'abattit violemment sur le crâne de son interlocuteur. Yuno grimaça en entendant les hurlements de douleur et en voyant les spasmes qui secouaient son corps frêle. Le visage de rat était déformé par une souffrance absolument insoutenable. Il sembla à Yuno que les cris s'amplifiaient. La nouvelle arme de torture de Rasparovic était terrible. La victime se roulait sur le sol, prise de convulsions, puis s'immobilisa brusquement. Son enveloppe corporelle explosa et il ne resta aucune trace de l'homme.

— Eh bien…

— Tu veux essayer ?

Yuno déclina l'invitation, encore sous le choc de l'atroce spectacle auquel il venait d'assister.

— Notre ami était trop faible pour survivre à cette épreuve. Quelqu'un comme toi pourrait sans doute subir deux ou trois fois ce châtiment avant de disparaître.

— Vous faites froid dans le dos, parfois.

— On ne peut me faire meilleur compliment.

Yuno ne répondit pas. Il savait l'homme charismatique et capable de convaincre une foule par un simple discours… Désormais, ses arguments devenaient beaucoup plus persuasifs.

Mercredi 7 Juillet

Contrôler un esprit si faible était vraiment facile. Béatrice, d'après ce que Yuno avait entendu dire d'elle, était une manipulatrice assez douée pour partager le lit d'un roi, mais elle manquait de jugeote. Ah ça, pour user de ses charmes, elle ne manquait ni d'atouts ni d'idées. Yuno, dans d'autres circonstances, aurait presque pu s'y laisser prendre. Seulement, les rôles étaient inversés. Rasparovic, malgré sa méfiance du début, lui faisait totalement confiance et lui apprenait depuis peu des techniques pour manipuler les esprits. Le jeune homme s'exerçait ensuite sur Béatrice, qui ne se doutait absolument de rien.

Justement, elle venait d'entrer dans sa chambre. Elle vint s'asseoir sur les genoux du jeune homme et l'enlaça.

— Tu as l'air absent depuis quelques jours, mon chou, dit-elle en lui passant la main dans les cheveux.

— Ah, j'en suis désolé. Que dois-je faire pour être pardonné ?

La jeune femme gloussa. Il la chatouilla et elle rit encore plus fort. Elle s'interrompit lorsque Rasparovic ouvrit la porte. Yuno se leva, donna une claque sur la croupe de la jeune fille et rejoignit son chef. Ils descendirent le grand escalier et sortirent dans le parc qui se trouvait derrière la maison.

— Tu es un excellent élève.

— Vous trouvez ?

— Béatrice se donne l'air d'être une cruche, mais elle n'a pas été la maîtresse d'un roi en claquant des doigts. C'est une croqueuse d'hommes, c'est d'ailleurs la raison de sa présence parmi nous.

Cependant, entre tes mains, elle est malléable à souhait.

— Que voulez-vous, c'est le charme de l'Orient qui s'exprime, dit-il en observant le jardin.

Yuno avait l'impression que, quel que soit le temps, les lieux restaient sombres, comme si les rayons du soleil n'atteignaient jamais la propriété. Ils marchèrent en silence, se frayant un passage entre les herbes folles de la pelouse.

— Cela fait maintenant deux mois que nous attendons. Le moment de passer à l'attaque est venu. (Le Russe se tut un moment puis reprit) De mon vivant, mes capacités psychiques me permettaient de lire dans l'esprit des gens et de les transformer en marionnettes…

— Et c'est toujours le cas, confirma Yuno.

— Oui, mais dans une moindre mesure. Je ne peux déchiffrer l'esprit de personnes complexes, comme toi.

— Comment pouvez-vous savoir si je suis fiable, alors ?

— Je ne le sais pas… Toujours est-il que je peux me servir de quelques humains lorsqu'ils atteignent leur point de rupture. Leur esprit est si faible, c'est presque trop facile. Va dire adieu à ta jolie Eléonor, elle n'a que très peu de temps à vivre. Et si mon nouveau jouet échoue, tu finiras ce qu'il a commencé.

— Je dois aller la voir pour m'amuser un peu ?

Un sourire cruel apparut sur les lèvres de Rasparovic.

— C'est fortement conseillé. Fais donc de ses derniers jours son pire cauchemar.

/

Yuno attendait, assis dans un fauteuil, patientant dans l'ombre depuis un long moment face à son double de papier, son autoportrait qu'Eléonor avait fait encadrer.

La porte s'ouvrit et il vit la silhouette de la jeune fille se découper à contre-jour. Elle chercha l'interrupteur à tâtons et appuya dessus. Elle laissa échapper un petit cri de surprise en le voyant et le sac qu'elle tenait à la main tomba sur le sol avec un bruit mat.

— Qu'est-ce que tu fais là ? demanda-t-elle après s'être ressaisie.

— Quelle question ! C'est pour te voir.

— C'est tout ce que tu trouves à dire ? Alors que tu as disparu depuis deux mois ? Si tu n'étais pas déjà mort…

— J'ai quelque chose d'important à t'apprendre.

— Je me disais bien…

— Celle-là, tu me l'as déjà faite ! (Il se leva et annonça) Je suis d'abord venu pour tes beaux yeux, ensuite pour te parler.

Elle sourit et s'assit sur le bord de son lit pour enlever ses chaussures à talons hauts.

— J'espère que je t'ai manqué. Parce que toi, pas du tout.

— Menteuse.

— Tu crois me connaître, mais tu ignores tout de moi.

— Que tu dis.

Il se laissa tomber en travers du lit, les bras en croix, et Eléonor s'allongea, posant sa tête sur son ventre.

— Je suis confortable ?

— Plutôt, oui, pour un fantôme.

— Tu sais, j'ai fait une rencontre inattendue en sortant de chez toi, la dernière fois.

— Laquelle ?

— Un membre d'une secte de fantômes que j'ai intégrée. Ce sont eux qui s'en prennent régulièrement à toi. Leur chef m'a à la bonne.

— Et quel est ton rôle ? Infiltrer l'ennemi ou m'utiliser ?

— À ton avis ?

— Je n'ai pas d'avis. Je le verrai bien assez tôt par moi-même.

Ils restèrent ainsi quelques minutes, puis Eléonor se redressa.

— Il faut que je dorme, je suis épuisée.

— Tu as trouvé un job d'été ?

— Oui, grâce à ton ami Toma. C'est un ange, il m'a engagée comme serveuse dans un de ses bars.

— Serveuse ? Ce ne serait pas plutôt hôtesse ?

— C'est sympa et ça paie bien.

— Tu plais aux vieux messieurs qui ne demandent qu'à se rincer l'œil ?

— Peut-être bien… Mais attention, on ne touche à rien, sinon le vigile t'envoie dehors vite fait bien fait et avec les remerciements de la direction. (Elle se débarrassa de son jeans sous l'œil intéressé de Yuno et se glissa dans son lit) Tu m'en voudras si je brave l'interdit que nous nous imposons, en te demandant de rester près de moi cette nuit ?

— Non. Au contraire.

Il ouvrit ses bras et elle s'y endormit immédiatement.

Vendredi 9 Juillet

L'ambiance qui régnait dans le vestiaire était détendue lorsque Eléonor y entra. Elle salua ses collègues, qui l'accueillirent joyeusement. Elles avaient toutes environ le même âge et une bonne entente les liait, alors que les rivalités auraient pu les diviser.

La jeune fille ouvrit son casier et revêtit sa tenue de travail : une robe noire, simple, qui faisait un maximum d'effet. Elle plia son jeans et son t-shirt et les rangea, puis prit une trousse de maquillage. Elle s'installa à la coiffeuse et Yuno la regarda s'affairer. Il avait l'impression d'avoir quitté une éternelle adolescente quelques années auparavant et de retrouver une femme, belle et envoûtante. Ses yeux bordés de fard noir étaient sombres et énigmatiques, et sa bouche pulpeuse était à croquer. À la lumière crue, elle était un peu trop maquillée, mais dans le club aux lumières tamisées, c'était parfait pour la rendre magnifique. Elle se coiffa rapidement, rangea sa trousse, enfila ses chaussures et courut pour accueillir les premiers clients.

Vers minuit, elle tenait compagnie à un aimable trentenaire de passage qui goûtait aux plaisirs de la capitale et elle n'avait pas besoin de jouer la comédie pour montrer qu'elle s'amusait.

La porte du club s'ouvrit et elle tourna la tête.

— Oh non ! laissa-t-elle échapper en apercevant le nouveau venu.

— Vous le connaissez ? demanda le jeune homme en lui tendant une coupe vide.

Elle lui versa du champagne.

— C'était mon professeur de géographie.

Le jeune homme, un peu ivre, pouffa devant l'incongruité de la situation. Eléonor essaya de se tourner pour que Fancher ne la remarque pas.

— Il vient vers vous, chuchota le client. Je peux faire quelque chose ?

— Merci, mais non.

Une main se posa sur son épaule et elle ne put s'empêcher de sursauter.

— Mademoiselle ! Que faites-vous ici ?

Elle se leva et fit face au professeur.

— Shh… dit-elle en posant un doigt devant sa bouche. Ne faites pas d'esclandre, c'est mauvais pour les affaires.

Elle l'entraîna vers le fond de la salle, près de l'entrée des toilettes, sous le regard attentif de Yuno.

— Quelle honte ! s'exclama Fancher. Vous, travailler dans un tel endroit ! C'est tout simplement scandaleux !

— Vous pouvez penser ce que vous voulez, mais je suis majeure, vous n'êtes pas mon père, et nous ne sommes pas en cours, vous n'avez donc pas votre mot à dire. (Elle eut un petit rire moqueur) De nous, lequel est le pire ? Moi, qui travaille comme hôtesse, ou bien vous, qui fréquentez ce bar ?

Il ne répondit pas, visiblement furibond. Il jeta un coup d'œil furtif autour de lui et la prit par le bras.

— Si vous ne me lâchez pas, j'appelle la sécurité !

Il poussa la porte des toilettes, l'y propulsant avant d'y entrer et de bloquer la porte. Eléonor, qui avait glissé sur le carrelage, se releva et recula jusqu'au mur du fond, tandis que le professeur avançait vers elle d'un pas lent. Elle ne s'attendait pas à ce qu'il la frappe. Le poing de l'homme s'abattit sur elle comme une masse et sa tête heurta le mur. Elle tomba sur le sol, à demi consciente. Elle entendit Yuno crier derrière la porte et vit Fancher fouiller ses poches. Elle essayait de bouger, mais sa tête était trop douloureuse et tout tournait autour d'elle tandis que ses oreilles bourdonnaient. Elle sentit qu'on attachait quelque chose autour de son bras et ouvrit les yeux, horrifiée. Prise de panique, elle tenta de se débattre mais parvint à peine à bouger. Trop tard. Elle sentit l'aiguille s'enfoncer dans son bras. Elle ferma les paupières. Au coin de son œil, une larme perla.

/

Toma s'assit au bar et demanda Eléonor. Le barman la chercha du regard et haussa les épaules. Le jeune homme se tourna vers la salle, observant les clients et les serveuses qui s'agitaient. Un homme passa en trombe devant lui et sortit en courant.

Yuno se tenait près de Toma, même si ce dernier ne se rendait pas compte de sa présence. Le Japonais avait un mauvais pressentiment. Il posa sa main sur le bras de son ami et lui transmit ses inquiétudes.

Toma se leva brusquement et se dirigea vers les toilettes, mu par une impulsion étrange. Il poussa la porte restée entrouverte et découvrit Eléonor qui gisait sur le carrelage blanc, une seringue plantée dans le bras. Il se souvint de l'homme qui avait fui, et appela à l'aide, puis s'agenouilla pour lui donner les premiers secours.

Yuno monta dans l'ambulance avec Eléonor et l'accompagna à l'hôpital. Ils firent une entrée aux urgences digne d'une série américaine ; Yuno s'attendait presque à rencontrer les docteurs Ross ou Carter. Il se mit à l'écart, laissant les médecins faire leur travail.

— Où est ma fille ?

Le père d'Eléonor bouscula une infirmière, répétant inlassablement sa question.

— Monsieur, fit un médecin en le tirant dans un couloir. Calmez-vous… Votre fille a fait une overdose. Nous faisons notre possible pour la maintenir en vie. Restez ici, je vous préviens dès qu'il y a du nouveau.

Yuno s'assit près de l'homme qui avait l'air hagard. Le jeune homme connaissait bien cette expression d'incompréhension, de désespoir et d'inquiétude mêlés. Lui-même n'en menait pas large et tout ce qu'il pouvait faire, c'était attendre.

Toma fit son apparition, mais resta dans son coin, le téléphone à l'oreille, l'air mauvais.

Une jeune femme revint vers le père d'Eléonor. Yuno apprit qu'elle était dans le coma. Il savait désormais quelle était la marche à suivre. Il quitta l'hôpital sans avoir vu son amie et se dirigea vers le quartier général de Rasparovic. Il entra dans les parties communes, un vaste salon situé à l'arrière de la maison. Il y trouva la quasi-totalité de ses camarades. Ils s'attendaient sans doute à ce qu'on sonne le branle-bas de combat incessamment sous peu. Yuno allait leur faire ce plaisir sans tarder.

— Écoutez-moi tout le monde !

Tous les regards se braquèrent sur lui et le silence se fit.

— Notre heure est enfin arrivée. Rejoignez vos postes.

Il ne pensait pas qu'ils goberaient si facilement ses bobards et pourtant, tous se mirent en mouvement sans discuter. Il ne restait presque personne dans la maison. Il devait faire vite avant qu'on ne découvre sa supercherie. Il pria également pour que Rasparovic ne sorte pas de sa chambre, où il méditait, et découvre sa trahison.

/

Yuno se tenait derrière la porte de la chambre d'hôpital où Eléonor avait été installée. Elle était toujours plongée dans le coma. Il poussa la porte et vint près d'elle. Il lui prit la main et ferma les yeux. Il se concentra pour mettre en pratique l'enseignement de Rasparovic et entra dans le corps d'Eléonor. Au début, il s'égara un peu, puis il trouva le chemin qui menait à son esprit.

— Eléonor ? Tu m'entends ?

Il se trouvait dans un trou noir, une sorte de néant où tout n'était qu'ombre.

— Je suis là.

Il se retourna et sourit à la jeune fille. La regarder lui faisait mal aux yeux, son corps irradiait une lumière blanche presque aveuglante.

— Où sommes-nous ?

— Dans tes pensées.

Elle tourna sur elle-même en observant ce qui l'entourait.

— Bah dis donc… Ce n'est pas fameux.

— Tu me fais confiance ?

Elle n'hésita pas.

— Oui.

Il lui tendit la main et leurs doigts s'entrecroisèrent.

— Ferme les yeux.

Elle s'exécuta sans poser de questions et se sentit comme aspirée.

— Tu peux regarder maintenant.

Elle fixa le corps d'une jeune fille couverte de tubes sans rien dire.

— Je suis morte ?

— Non, tu es dans le coma. Je suis désolé, je n'ai rien pu faire. Je ne pensais pas que ça se passerait de cette manière.

— Ce n'est pas de ta faute. Je n'ai pas été assez vigilante, alors que tu m'avais prévenue… Je ne m'attendais pas à ça. Quel est ton plan ?

— Je n'ai pas fait d'études sur l'âme, mais comme tu n'es ni morte ni vivante, tes pouvoirs sur les esprits qui ont abandonné toute forme de vie doivent être plus grands. Enfin, je dis ça, je n'en sais absolument rien.

Il se tut et ajouta :

— Il se peut que tu y restes.

— Je sais. Seulement, il n'y a pas que mon bien qui est en jeu, je ne peux pas me soucier que de ma petite personne.

— On se croirait dans un mauvais film.

La jeune fille se mit à rire.

— Tu viens de gâcher ma réplique ! Trêve de plaisanterie, nous avons le monde à sauver.

/

Yuno et Eléonor s'arrêtèrent face à l'imposante bâtisse. Il faisait encore nuit et l'ombre la rendait immense.

— Tu as habité ici pendant deux mois ?

— Oui.

— C'est quoi ton secret ? Ça doit être maculé de crottes de pigeon... Et je ne te parle pas de l'odeur !

— Il n'y a pas de saletés. C'est juste un peu moisi.

— Si ce n'est que du moisi, alors tout va bien.

Ils se glissèrent silencieusement dans le hall.

— Je me suis arrangé pour éloigner la majorité des fantômes qui habitent ici, mais quelques-uns sont restés. Sois sur tes gardes.

— Oui, chef.

— Ça te fait rire ?

— Pas du tout. J'essaie de dédramatiser. Je... J'ai un peu peur.

— Moi aussi, la rassura Yuno.

Ils étaient sur le point de monter le grand escalier lorsqu'une voix féminine interpella le jeune homme. Ce dernier se tourna vivement, sur le qui-vive.

— Béatrice ! Tu m'as fait peur !

Elle s'avança, accompagnée par le froufroutement de ses jupons.

— Qui nous amènes-tu là ? dit-elle de sa voix sensuelle.

— Qui c'est, celle-là ? demanda Eléonor en fronçant les sourcils.

— Ne sois pas jalouse.

— Mais...

Béatrice monta les deux marches qui la séparaient de la jeune fille et prit le menton d'Eléonor entre son pouce et son index pour tourner son visage vers la lumière.

— Tu ne m'es pas inconnue… murmura-t-elle, le regard perdu dans le vague.

Yuno en profita pour tapoter l'épaule d'Eléonor et lui dit en remuant les lèvres, sans émettre le moindre son :

— Fais quelque chose.

Sans vraiment réfléchir, elle recula d'un pas. Elle leva la jambe et frappa Béatrice d'un splendide coup de pied à l'estomac. La croqueuse d'hommes fut propulsée en arrière, dégringola les marches et s'écrasa sur le marbre du sol, ses jupes lui couvrant la tête. Après avoir jeté un regard à Eléonor, Yuno s'empressa de descendre pour la relever et la bâillonner en lui posant la main sur la bouche.

— Shh… Si tu me promets de ne pas hurler, j'enlève ma main, dit-il en lui envoyant quelques ondes mentales.

Elle hocha la tête et il s'écarta.

— Je te connais, et je sais que tu n'as pas un mauvais fond, alors je vais demander à mon amie de t'envoyer dans un monde meilleur.

— Tu as l'intention d'y envoyer Rasparovic aussi ? demanda-t-elle avec une petite voix.

— Non, sûrement pas.

Eléonor posa ses doigts sur son front.

— Yuno, je te remercie pour les moments que nous avons passés ensemble, murmura Béatrice avant de disparaître.

— Je me demande ce que tu lui trouvais, fit Eléonor, les mains sur les hanches et visiblement perplexe.

— Elle était tout le contraire de toi.

— Je dois le prendre comment ?

Ils entendirent des bruits de pas s'approcher et des bribes de conversation leur parvinrent. Yuno s'empressa de pousser Eléonor derrière une lourde tenture tachée d'humidité, puis il se colla contre elle pour se cacher. Deux hommes traversèrent le hall et disparurent dans une autre pièce.

— J'adore ton odeur, déclara Eléonor. Comparée à celle du moisi qui règne ici, c'est divin.

— Arrête de plaisanter, fit Yuno, flatté malgré tout. On n'a pas le temps pour ça.

Ils montèrent l'escalier, prenant garde à ne pas trébucher sur les marches cassées. Une fois à l'étage, ils s'enfoncèrent dans l'aile est. Le vent traversait les fenêtres brisées en sifflant, le parquet craquait de manière inquiétante sous leurs pas. Yuno désigna la porte du fond, à leur droite.

— Tu penses qu'il est seul ?

— Il reçoit rarement. Il aime rester dans sa chambre, à faire des calculs et méditer sur la fin du monde pendant des heures.

Yuno posa la main sur la poignée de la porte et appuya lentement dessus. Le battant pivota sans bruit.

— Merde ! laissa-t-il échapper, en apercevant cinq paires d'yeux se fixer sur lui.

Il interrogea Eléonor du regard sur la suite des opérations. Pour toute réponse, elle se jeta dans la pièce et se rua sur l'homme le plus proche d'elle. Elle lui envoya un direct du droit dans la mâchoire et enchaîna avec un crochet du gauche dans le ventre. L'homme se plia en deux, le souffle coupé. Elle appuya sur l'arrière de sa tête et l'amena à la rencontre de son genou levé. Il s'écroula sur le sol et Eléonor posa sa main sur son front. Comme Yuno l'avait dit, en tant qu'entité ni morte ni vivante, elle avait plus de pouvoir sur les fantômes. Il disparut immédiatement sans qu'elle ait besoin d'exécuter les gestes habituels. Elle vit que Yuno était aux prises avec un adolescent d'aspect vigoureux, aux épaules larges et aux mains gigantesques. Il avait la poitrine percée par une balle et le visage tuméfié. Pendant cet instant d'inattention, on la frappa derrière la tête. Elle ne ressentit aucune douleur et pivota sur ses talons pour bloquer un second coup. Elle tourna sa main, attrapa le poignet de son agresseur et le frappa sur le côté du cou, du plat de la main, avant de le balayer et de l'achever une fois à terre. Il n'en restait plus qu'un. Elle était prête à s'en charger, mais vit que Yuno lui réglait déjà son compte. Elle fit disparaître les trois hommes.

— Où est Rasparovic ?

— Allons voir dans son bureau.

Ils retournèrent au rez-de-chaussée.

— Je suis impressionné. Tu te bats comme une vraie délinquante.

— Ça t'étonne ?

— La plupart des filles se griffent la figure et se tirent les cheveux. Ce n'est pas très efficace, à moins d'avoir l'intention de faire mourir de rire son adversaire.

— C'est pour ça que j'ai étudié la question. Je ne voulais pas être ridicule en cas d'invasion extra-terrestre.

Yuno avisa la porte du bureau et posa un doigt sur la bouche d'Eléonor pour qu'elle se taise. Il défonça la porte d'un puissant coup de pied.

— J'ai toujours rêvé de faire ça.

Rasparovic, assis derrière la table de travail, avait bondi de son fauteuil.

— Yuno ? Qu'est-ce qui te prend ?

Le jeune homme s'effaça pour laisser passer Eléonor.

— Nous voulons discuter.

— Mon garçon, tu es irremplaçable. Tu me l'amènes jusqu'ici ! Fancher aurait-il échoué ?

— En quelque sorte, oui. Quitte à la tuer, autant lui expliquer un peu, vous ne croyez pas ?

— Pourquoi pas ?

Il s'approcha de Yuno et Eléonor, et entama un long et pompeux discours. Il se tenait droit, les mains dans le dos. Sa main droite glissa dans sa manche gauche et il en tira un petit objet. Au beau milieu de son développement, il fit un large geste pour égorger Eléonor avec une lame de rasoir. Elle eut un mouvement de recul, mais ce ne fut pas suffisant, car elle sentit le froid de la lame sur sa gorge. Rasparovic fut ébahi de voir qu'elle n'avait rien qu'une fine griffure alors qu'il s'attendait à des bouillons de sang.

— Qu'est-ce que…

Yuno lui tordit le poignet et le Russe lâcha son arme. Le jeune homme envoya sa tête vers l'avant et Rasparovic recula en se tenant le nez.

— Pauvre fou ! J'aurais dû me douter que tu serais de son côté ! Tu m'as berné si facilement… Pourquoi fais-tu ça ?

Il alla ramasser son lourd bâton et s'approcha d'un pas menaçant.

— Pourquoi ?! hurla-t-il, furieux. Quelle question ! Parce que tu l'aimes, bien sûr… Tu me déçois… Vraiment.

Le bâton s'envola puis s'abattit sur les côtes de Yuno. Il tomba à genoux, victime d'une douleur insupportable.

— C'est le bâton auquel j'ai apporté quelques modifications, tu te souviens ? C'est douloureux, non ? Où en étais-je ? Ah oui… Ton stupide amour.

Il le toucha au dos et le jeune homme roula à terre, le visage déformé par la souffrance.

— Tu es mort, mon pauvre ami. Que peux-tu lui apporter ? Rien. Absolument rien.

Cette fois, Yuno hurla à s'en arracher les cordes vocales lorsqu'il fut touché à l'estomac.

— Tu es tellement pitoyable que ça en devient écœurant.

Il leva son arme au-dessus de lui, prêt à achever Yuno en le frappant à la tête. Le jeune homme ne supporterait pas un autre coup. Eléonor enjamba son ami et se plaça devant Rasparovic, les bras levés à l'horizontale. Le bâton la toucha à l'épaule et elle se mordit les lèvres pour ne pas crier. Elle avait l'impression que son corps était en feu, son bras et son épaule la brûlaient atrocement.

— Dites-moi que je rêve ! C'est pathétique. Ridicule. Non, mais regardez-vous ! Vous faites bien la paire, tous les deux. En d'autres circonstances, je vous aurais trouvés sympathiques, mais ici et maintenant, vous m'agacez. Je veux te voir mourir, alors sois gentille et laisse-toi faire.

— Ce jour n'est pas venu.

— C'est ce qu'on va voir.

Il fit un couronné[2] et la jeune fille se baissa pour l'éviter. Elle fonça la tête la première vers Rasparovic, le saisissant à la taille pour le renverser grâce à son élan. Il tomba lourdement en arrière, aux prises avec la jeune fille. Son bâton glissa à l'autre bout de la pièce, vers la fenêtre. Ils roulèrent sur le sol, Eléonor tentant d'étrangler le Russe et ce dernier se débattant pour se dégager. Il la frappa plusieurs fois au côté et elle finit par desserrer son étreinte. Elle l'attrapa par le col et le cogna à la pommette. Elle recommença à plusieurs reprises et, lorsqu'il ne bougea plus, elle se releva pour ramasser le bâton. Quelque chose saisit sa cheville, elle sentit la main de Rasparovic se rétracter sur sa jambe comme la serre d'un oiseau de proie. Il tira la jambe vers lui et elle se retrouva immédiatement sur le sol. Elle tendit le bras vers la canne. Il ne lui manquait que quelques centimètres. Tout son corps se tendit, sa main ouverte s'approcha du morceau de bois, ses doigts pouvaient le toucher. Elle l'attrapa et se tourna vivement vers le Russe. Il l'accueillit avec un coup de tête et elle lâcha son arme. Tombée sur le dos, elle n'avait pas le temps de se mettre debout. Elle lança ses jambes à l'aveuglette et toucha le torse la première fois, la cuisse la deuxième et l'entre-jambe à la troisième. Il grogna de douleur, mais se jeta sur la jeune fille et la bloqua en

---

[2] Terme d'escrime ancienne, correspondant à un geste circulaire souvent utilisé au niveau de la tête.

s'installant à cheval sur elle. Il l'attrapa par les cheveux et lui cogna la tête sur le parquet encore et encore, jusqu'à ce qu'elle ne bouge plus. Il soupira et eut un sourire de satisfaction. Il la laissa là, jeta un œil à Yuno qui gémissait au seuil de la conscience et se dépêcha de décrocher le cadre derrière lequel il cachait le globe renfermant tous les pouvoirs qu'il avait accumulés en assassinant à tout-va. Pendant qu'il avait le dos tourné, Yuno se traîna péniblement jusqu'à Eléonor. Chaque mouvement était une torture, une souffrance insoutenable. Néanmoins, il rejoignit son amie et la secoua par l'épaule. Elle n'eut aucune réaction. Il s'agenouilla et l'appela à voix basse. Ses paupières frémirent, mais elle ne bougea pas.

— Pousse-toi de là, tu me gênes, fit Rasparovic en le frappant au visage.

Yuno vacilla mais tint bon. Il avisa la boule que le Russe serrait contre sa poitrine. C'était sa seule chance, il devait la saisir. Il se mit debout en titubant et fixa le visage sévère de Rasparovic.

— Je ne te laisserai pas faire, même si je dois…

— Arrête ton baratin, tu ne peux rien contre moi. Tu tiens à peine sur tes jambes. Tu crois que tu me fais peur ?

Yuno se redressa fièrement, trouvant une énergie nouvelle au plus profond de lui. Il poussa un cri de rage et se jeta de tout son poids sur son adversaire. Il saisit le globe, pivota sur lui-même et, avec son élan, lança l'objet vers le mur.

— Non ! s'écria Rasparovic en observant, horrifié, le globe tournoyer doucement dans les airs, comme au ralenti, et s'écraser avec une violence inouïe contre le mur.

Ses jambes cédèrent et il se prit la tête entre les mains tandis que des éclairs de lumière jaillissaient des débris de verre. Un vent glacial venant de nulle part souffla dans la pièce. Les fenêtres s'ouvrirent sous sa force et les carreaux restants explosèrent en une multitude de morceaux… Les lambeaux de lumière colorée furent aspirés hors de la pièce et s'élevèrent dans le ciel que l'aube peignait de rose et d'orange. Yuno vit un filament émeraude s'échapper de la bouche d'Eléonor et rejoindre le nuage qui scintillait au-dessus du jardin. Le nuage forma une boule qui se rétracta à l'extrême puis qui explosa comme un feu d'artifice ; les filaments s'éparpillèrent dans les airs et disparurent.

— Qu'as-tu fait ? gémit Rasparovic.

Yuno tourna la tête vers lui. Il était pitoyable avec ses yeux larmoyants, s'arrachant les cheveux et geignant. Qui aurait cru que cet être impitoyable s'écroulerait en même temps que ses projets de fin du monde ? Yuno ramassa le lourd bâton qui se trouvait à ses pieds. Il le soupesa puis s'approcha de l'homme pour lui porter un coup. Il rassembla toutes ses forces, le bâton tournoya et toucha Rasparovic à la tempe. Le Russe ouvrit grand les yeux, surpris et il s'affala sans un bruit sur le côté avant de disparaître, les yeux révulsés, secoué par de terribles spasmes.

Eléonor reprenait ses esprits et il voulut l'aider à se redresser. Ses jambes plièrent et il tomba à genoux.

— Tout s'est finalement bien passé, conclut-il.

Il dut s'appuyer sur l'épaule de la jeune fille pour sortir de la maison.

— Regarde, lui dit Eléonor en lui montrant le ciel du doigt.

Ils s'arrêtèrent un instant pour observer le soleil se lever. Une brise tiède les enveloppa. Yuno prit Eléonor par la main et ils partirent en direction de l'hôpital, sans rien échanger d'autre que des regards.

— Il est temps de te sortir du coma, annonça Yuno en entrant dans la chambre où était étendu le corps de la jeune fille. C'est ta volonté qui te réveillera. Tu peux vivre comme mourir.

— Je vivrai, déclara-t-elle avec détermination.

Yuno acquiesça, approbateur, et ils plongèrent ensemble dans l'esprit d'Eléonor.

— C'est ici que nous nous séparons.

— Yuno… J'ai une drôle d'impression. Comme si… comme si je n'allais plus jamais te revoir.

— Ne dis pas de bêtises. Viens.

Il ouvrit les bras et la serra contre lui. Elle se haussa sur la pointe des pieds pour l'embrasser furtivement. Il eut un sourire surpris et lui répondit par un autre baiser.

— Je dois m'en aller maintenant.

Il approcha sa bouche de l'oreille d'Eléonor et lui murmura de sa voix si sensuelle.

— *Aishiteru.*[3]

---

[3] Je t'aime.

Lundi 6 Juin

Clic. Clic clic. Clic.

Eléonor appuyait inlassablement sur le bout de son stylo. Gabriel lui chuchota d'arrêter avant que quelqu'un ne l'assassine, excédé par ce son qui lui tapait sur les nerfs. Elle s'exécuta de bonne grâce et suivit sagement la fin du cours. Le nouveau professeur de géographie se leva et libéra ses élèves. La classe se vida à moitié, les uns profitant de la pause pour aller aux toilettes, les autres s'autorisant une cigarette. Gabriel et Eléonor s'éclipsèrent dans le couloir, suivis par le regard de deux de leurs camarades.

— Tu penses qu'ils sont ensemble ? demanda la première, une adolescente androgyne aux courts cheveux blonds.

— Tu m'as déjà demandé la même chose au début de l'année. Je n'en sais rien, ils ne s'embrassent jamais…

— Hey, les filles !

Elles se tournèrent vers la nouvelle venue, qui leur fit signe de s'approcher.

— J'ai appris certaines choses à propos d'Eléonor, déclara-t-elle sur le ton de la confidence. Ma mère travaille avec son père et il lui a dit que l'été dernier, Eléonor a fait une overdose d'héroïne, ou quelque chose comme ça, et elle est tombée dans le coma.

— C'est une junkie ? Elle cache bien son jeu…

— Ça explique pourquoi elle est si bizarre…

— Il paraît qu'elle est clean depuis quelques mois.

— Gabriel aussi se drogue ? C'est dommage, il a l'air d'un type bien.

— Dis plutôt qu'il te plaît.

— Il est vraiment très beau, avoue-le.

Elles gloussèrent. Eléonor, qui avait tout entendu, sourit et jeta un œil à son ami.

— Tu fais des ravages, tu es un sacré veinard. Moi je ne suis qu'une droguée qui a failli se tuer avec un shoot de trop…

— Arrête ça, la coupa-t-il.

— Ne rends pas ce sujet tabou. Mon père raconte cette histoire à qui veut l'entendre, pour lui c'est la stricte vérité. Je suis une toxicomane… et je suis un peu bizarre.

— Toi et moi savons ce qu'il en est réellement.

— Et ça me suffit. Je me fiche de ce que ces écervelées peuvent dire. Le pire est passé et c'est principalement grâce à toi.

— C'est tout naturel.

Eléonor s'appuya contre le mur, perdue dans ses souvenirs. Son père n'avait pas voulu croire à l'agression et, à peine sortie du coma, il l'avait envoyée en cure. Elle ne pouvait plus voir Yuno, mais elle sentait encore sa présence, qui s'effaçait un peu plus chaque jour qui passait. Elle lui parlait, imaginant ses réactions, et elle était passée pour folle. On l'avait fait suivre psychologiquement, par crainte qu'elle ne soit déséquilibrée mentalement. Isolée, perdue et incomprise, elle n'avait cependant pas totalement perdu les pédales. Épaulée par Gabriel, elle s'était à peu près remise et elle avait pu reprendre la vie normale d'une étudiante.

Yuno et son souvenir étaient enfouis dans son esprit, comme si le jeune homme n'avait été qu'un rêve. Elle n'y songeait plus ; elle ne voulait pas penser à lui.

— On doit y retourner.

Ils se rassirent à leur place pour le cours d'histoire. Eléonor se remit à jouer avec son stylo et les nerfs de ses camarades. L'objet lui glissa des mains et elle tendit le bras pour le récupérer. Ses doigts rencontrèrent ceux de Gabriel, qui tenait l'arme du crime. Elle observa la main qu'elle serrait dans la sienne puis fixa intensément son ami. Et elle le vit autrement.

Vendredi 10 Juin

Le salon était simplement éclairé d'une lumière tamisée, un groupe de rock susurrait des mots doux en fond sonore. Eléonor patientait, sagement assise sur une chaise, près d'une table dressée pour deux personnes. Elle était vêtue d'un pantalon et d'un cache-cœur noirs, couleur qui ne la quittait plus depuis près d'un an. On frappa à la porte.

— Salut, lança Gabriel lorsqu'elle lui ouvrit. (Il lui tendit un sac en plastique) J'ai apporté des munitions en cas de pénurie. Les autres ne sont pas encore arrivés ?

— Ils ne viendront pas. (Elle le conduisit au salon, où il découvrit la table) Ce soir, c'est entre toi et moi. Installe-toi, j'apporte l'entrée.

Eléonor ne voulut pas éclairer Gabriel sur ce tête-à-tête mystérieux avant le dessert : un brownie aux raisins, sa glace à la vanille et son duo crème anglaise sauce au chocolat. Le jeune homme l'observa déguster le gâteau d'un air songeur.

— C'est délicieux.

— Merci.

— Maintenant, tu vas me dire pourquoi je suis là ?

Elle posa ses couverts.

— Gabriel… On n'a pas reparlé des limites de notre amitié…

— Oublie ça, dit-il en baissant la tête, gêné. Je ne pensais pas ce que je disais.

— Vraiment ? Parce qu'à ce moment-là, je n'étais pas prête à répondre à tes sentiments…

— Le Japonais assassiné ?

Eléonor hocha la tête.

— Le perdre a été… comme m'arracher une partie de moi. Et puis, il y a eu l'agression, et tu as été présent pour moi. J'ai beaucoup réfléchi à la place que tu avais… Tu es mon autre moitié. Je… Je veux… comment dire ?

Elle eut un sourire espiègle.

— Je te veux, toi.

Il y eut un long silence, qu'Eléonor brisa :

— J'ai bien sûr envisagé la possibilité d'un probable égarement de ta part. Tu peux me rejeter, je ne t'en voudrai pas. Après plus d'un an, ce serait logique.

Gabriel secoua la tête en fouillant dans sa poche. Il posa une boîte enrubannée sur la table.

— Joyeux anniversaire.

Eléonor ne s'étonna pas de l'absence de réponse et défit le ruban. Elle souleva le couvercle et contempla le contenu de la boîte.

— Cette fois, je crois que j'ai compris. (Elle se leva et tendit la boîte au jeune homme) Mets-la-moi, s'il te plaît.

Il passa une chaîne à son cou et prit entre ses doigts la fine clef d'argent qui y était accrochée.

— Je sais ce que tu vas dire. Oui, c'est un cliché, mais c'est la clef de mon cœur et elle t'appartient.

— Vivre un cliché n'est pas si mal…

— Si tu le prends comme ça.

Il se pencha et l'embrassa.

Mercredi 15 Juin

Gabriel, malgré tous ses efforts, ne parvenait pas à effacer le sourire ravi qu'il affichait sur son visage.

— On peut savoir pourquoi tu as la banane ?

Eléonor s'assit à côté de lui. Il fouilla dans sa poche et en tira une enveloppe chiffonnée.

— Regarde.

Elle lut la lettre.

— Mais c'est génial ! (Elle le serra dans ses bras et relut la lettre) Si je comprends bien, tu m'abandonnes pour aller étudier en Angleterre.

— Je ne t'abandonne pas vraiment…

— Tu fais le bon choix, le coupa-t-elle en riant.

À quelques mètres d'eux, la blonde androgyne et son amie la grande brune avaient des airs de conspiratrices.

— Je suis sûre qu'il s'est passé quelque chose entre eux deux… Tu as vu comment il la regarde ?

— Ça ne veut rien dire.

La troisième commère les rejoignit.

— Vous n'avez pas bientôt fini d'inventer des histoires ?

La blonde lui jeta un regard noir.

— J'hallucine !

— Quoi ? Quoi ? Qu'est-ce que j'ai raté ?

— Il l'a embrassée ! Je déteste cette fille, ragea la brune.

— Impossible ! fit la dernière arrivée, prise par les potins presque malgré elle.

— Comment avez-vous pu louper ça ?!

Elles se mirent à fixer Gabriel et Eléonor qui paraissaient se disputer.

— Elle ne doit pas aimer les démonstrations en public, analysa la blonde.

— Je peux le comprendre… Lâche-lui la main !

Eléonor se mit à rire en entendant sa camarade s'insurger. Gabriel n'avait visiblement rien entendu. Elle fit signe au jeune homme de se pencher vers elle et posa délicatement un baiser sur ses lèvres.

— Je vais faire une crise cardiaque ! s'exclama la blonde.

— Mademoiselle Eléonor, je ne vous félicite pas de narguer ainsi vos camarades de classe, dit Gabriel en s'écartant.

— Mille excuses.

— Je te pardonne, va. Sinon tu vas faire tes yeux de chien battu et je me sentirai coupable.

— C'est faux !

Elle se tut un instant et reprit plus sérieusement :

— Tu pars quand ?

— Je pars en juillet pour trouver un endroit où m'installer. Après je reviens pour profiter de ta compagnie au maximum avant de reprendre les cours.

Elle soupira :

— Hier encore, tu n'étais qu'un enfant timide et coincé…

— Un enfant ?

— Le petit Gabriel est devenu un homme, ajouta-t-elle en observant le visage régulier de son ami.

Il ne répondit pas, ne sachant pas si elle plaisantait ou non.

Vendredi 24 Juin

Eléonor sentait le bras de Gabriel peser sur son épaule. Sa présence était rassurante, elle se plaisait dans son étreinte.

Yuno avait été son premier amour et elle doutait connaître un jour un sentiment aussi profond. Cependant, il avait disparu et elle devait continuer à vivre sans lui, même si la saveur de ses baisers était unique, même si son absence constituait un manque insurmontable.

Gabriel avait tout pour la combler et elle l'aimait, certes pas autant que le Japonais, mais suffisamment pour envisager une histoire à long terme.

— Eléonor ?

— Oui ?

Gabriel lui prit la main et accéléra le pas ; ils étaient en retard.

— Je sais que je tiens plus à toi que tu ne tiens à moi. Ce n'est pas grave, déclara-t-il comme s'il avait lu dans ses pensées.

— Je ne suis pas sûre de te mériter, soupira-t-elle.

Ils s'arrêtèrent devant un palace et entrèrent.

— Impressionnant. Tu ne t'es pas trompée ?

— Absolument pas.

Ils se présentèrent à la réception et un employé leur indiqua la direction à prendre.

— Eléonor !

Un jeune Asiatique aux cheveux courts soigneusement coiffés s'inclina devant elle.

— Je suis Toma, le frère de Ryo, se présenta-t-il à Gabriel.

— J'ai beaucoup entendu parler de vous. Ravi de vous connaître.

Ils se serrèrent la main et se mirent à bavarder autour d'une coupe de champagne.

— Où est Ryo ? Je ne le vois pas... Ce serait le comble qu'il soit absent alors que la soirée est donnée en son honneur.

— Il doit être au bar. Il déteste les mondanités.

Toma termina son verre et fixa Gabriel.

— Alors c'est toi, le fameux petit ami.

— Il faut croire.

— Tu es mannequin ?

— Non, pas du tout.

— Eléonor, tu as vraiment du goût en ce qui concerne les garçons. Comment se fait-il que tu n'aies jamais pensé à moi ?

— Je ne veux pas être impliquée dans une autre histoire de gang, merci j'ai déjà donné.

— Dommage.

Elle se mit à rire. Gabriel se pencha et lui chuchota quelques mots à l'oreille, puis il s'éclipsa. Il se rendit au bar et commanda un verre.

— Je vous l'offre, dit un jeune homme qui s'assit près de lui.

— Merci.

— Vous êtes Gabriel, c'est ça ? Je me souviens de vous, nous nous sommes croisés au parc d'attractions. Vous avez beaucoup changé...

Il jeta un œil à Gabriel qui, sous l'influence d'Eléonor, avait enfin troqué ses polos boutonnés jusqu'en haut pour des pulls col V enfilés sur une chemise entrouverte ; il avait les cheveux plus longs et en bataille. Le jeune homme lui renvoya son regard et fixa le visage lisse de Ryo.

— Maintenant que vous le dites, je vous reconnais.

— Vous êtes venu avec Eléonor ?

— Oui. D'ailleurs, elle vous cherchait pour vous saluer.

— Je vais y aller, alors. Ce fut un plaisir de vous revoir.

— Plaisir partagé.

Ryo prit son verre et se leva. Il leva le bras pour caresser la joue de Gabriel et s'en alla sans un mot. Troublé, le jeune homme prit son temps pour terminer son verre avant de retourner vers la réception où il ne se sentait pas à l'aise. Eléonor et Toma riaient, lancés dans une conversation des plus animées.

— Devinez ce qui vient de m'arriver ! s'exclama-t-il.

— Mon frère t'a fait des avances ? fit négligemment Toma.

— Exactement !

Le Japonais s'étouffa à moitié avec son cocktail.

— Ce n'était qu'une supposition un peu farfelue, dit-il en s'essuyant la bouche avec une serviette. Ce n'est pas vraiment le genre de mon frère ; il collectionne les conquêtes féminines, et si vous voulez mon avis, il sait y faire avec les femmes, je lui envie ses amantes.

Comme pour confirmer ses dires, Ryo demanda le silence, entouré par deux superbes créatures qu'il tenait par la taille. Il fit un bref discours de remerciement et tous les invités levèrent leur verre pour trinquer à sa santé.

La soirée traînait en longueur, mais Gabriel et Toma ne voyaient visiblement pas le temps passer. Ils avaient sympathisé et ils ne virent même pas Eléonor s'éclipser. Les invités commençaient à partir, et les toilettes étaient vides. Elle se regarda dans le miroir et essuyait le mascara qui avait coulé lorsque le bruit d'une dispute lui parvint. Les voix étaient masculines, et la violence contenue dans le ton la fit frissonner. La bagarre était imminente, elle devait intervenir avant que les choses tournent mal. Elle poussa la porte des w.-c. hommes et resta bouche bée devant le spectacle que lui offraient ses yeux. Ryo faisait face à un serveur et ils se hurlaient dessus, elle ne comprenait même pas pourquoi. Elle crut entendre les mots « gourdasse » et « morue » ; visiblement le serveur faisait une crise de jalousie. Ils ne se rendirent pas compte de sa présence, et au moment où elle allait s'interposer entre les deux, Ryo saisit son interlocuteur par le col et le plaqua contre le mur carrelé. Elle crut qu'il allait le cogner, mais il l'embrassa passionnément.

— Bah merde alors, fit-elle en les laissant seuls.

Une vision s'imposa à elle, où Yuno et elle tenaient les rôles de Ryo et du serveur. Elle secoua la tête pour chasser cette pensée ridicule.

— Te voilà ! Je te cherchais partout.

— C'est fini ?

— Tout le monde s'en va petit à petit. Je te raccompagne… Tu vas bien ?

Elle commença par hocher la tête, mais fondit en larmes.

— Pardonne-moi.

— Pourquoi ? Tu ne m'as rien fait de mal.

— Je ne l'oublie pas, c'est plus fort que moi. Je suis vraiment horrible. Je pense à lui beaucoup trop souvent. Je me prends même à espérer qu'il n'a pas disparu, qu'il est là quelque part et qu'il va revenir.

— Je sais tout ça. Je me demandais juste quand tu allais le réaliser et me le dire.

— Tu me détestes ? Je suis tellement désolée, je gâche toujours tout.

Gabriel observa le visage trempé de larmes et de maquillage. La détestait-il ? Absolument pas. Depuis le début de leur histoire, il sentait l'ombre du Japonais planer entre eux. Fallait-il pour autant se séparer ?

Il lui prit les mains.

— C'est à toi de choisir. Quoi que tu décides, je te soutiendrai.

— Qu'est-ce que je dois faire ?

— Si j'écoute ma raison, je te dirai qu'il serait préférable de rompre, mais…

Allait-il à se mettre à parler sans détour ? Il était indécis, mais n'avait pas le temps de peser le pour et le contre.

— Eléonor, je t'aime. Si tu décides de rester avec moi, je te le ferai oublier, c'est promis.

Elle s'essuya les yeux et renifla.

— J'ai honte, si tu savais.

— Il ne faut pas. Demande à Toma de te raccompagner. Je pars dans deux jours, on en reparlera à mon retour, d'accord ? Comme ça, tu auras le temps d'y réfléchir.

Lundi 27 Juin

« Il t'a plantée, si je comprends bien. »

Toma, les yeux cachés derrière une paire de lunettes noires, lorgna sur la serveuse.

— Pas plantée… Il m'a donné un ultimatum.

— Je présume que tu ne sais pas quoi faire.

— Évidemment. Si je n'étais pas complètement larguée, je ne serais pas ici avec le pire confident du monde.

— Rien d'étonnant à ça. Tu sais, si tu refais ta vie, Yuno ne t'en voudra pas.

— J'en suis persuadée.

— Il a beau être toujours présent dans une partie de toi, tu n'as pas à te refermer comme une huître. Laisse sa chance à Gabriel.

Eléonor fit la moue.

— Je ne pense pas que ce soit une bonne idée. Pour lui, pas pour moi.

— Si c'est ce que tu crois. Je ne suis que ton conseiller.

Eléonor pouffa.

— Tu mets plus d'énergie à baver sur la serveuse qu'à me conseiller.

— Dis-moi ce qui te gêne, alors, au lieu de tourner autour du pot.

— J'ai l'impression que c'est trop rapide. Yuno est mort l'année dernière seulement…

— Et tu t'interdis de vivre pour cette raison ?

— Oui, c'est vrai, c'est stupide. (Elle se leva) Je te laisse payer. Tu pourras prendre son numéro par la même occasion. Salut !

Elle sortit du café et marcha sans but précis. Les cloches d'une église sonnèrent et elle regarda machinalement sa montre. Dix heures. Elle leva la tête vers le ciel et se mit à courir. Elle bouscula une vieille dame qui promenait son chien, fit tomber l'attaché-case d'un homme d'affaires, mais ne s'arrêta pas pour autant. Elle se rua dans les escaliers du métro, slalomant entre les gens qui montaient. Elle se jeta dans la rame qui venait d'arriver et fixa les portes pendant tout le trajet, prête à bondir le moment venu de sortir. Au terminus, elle joua des coudes pour se frayer un passage, se moquant des protestations exaspérées de ceux sur les pieds desquels elle marchait. Elle avait les poumons en feu mais accéléra l'allure. Elle déboucha sur le quai des grandes lignes et chercha un grand jeune homme blond parmi la foule. À bout de souffle, la respiration sifflante, elle passait en revue les voyageurs quand elle agrippa le bras d'un adolescent. Elle s'excusa en s'apercevant qu'elle s'était trompée. Un coup d'œil au panneau d'affichage lui indiqua où se trouvait le bon train. Elle s'y précipita. Pas de Gabriel. Mais où était-il ? Elle tourna lentement sur elle-même. Il n'était nulle part. Le train démarra et elle regarda les wagons défiler devant elle.

Gabriel leva les yeux. La scène lui sembla se dérouler au ralenti. Eléonor était là, de l'autre côté de la fenêtre. Elle était venue, l'avait vainement cherché. Il posa sa main sur la vitre, comme pour la toucher, et la regarda faire demi-tour, découragée. Le wagon la dépassa et bientôt, il ne la vit plus. Sans doute était-ce mieux ainsi.

Mardi 10 Avril

Eléonor s'observa dans le miroir et tourna sur elle-même pour juger l'effet de sa robe. Elle eut un sourire satisfait, prit son sac et sortit de l'appartement.

Ce début de soirée était divinement frais et elle était ravie de sentir un délicieux courant d'air sur sa peau, après avoir été écrasée par une chaleur inattendue toute la journée. Quelques mètres plus loin, une voiture aux vitres teintées l'attendait. Elle s'y installa près des frères Kamenashi. Ils se rendirent à un club très huppé et s'installèrent autour d'une table. Ryo commanda une bouteille de champagne. On remplit trois coupes et ils portèrent un toast. Cela faisait maintenant deux ans jour pour jour que Yuno était mort ; ils voulaient fêter ça joyeusement plutôt que de se morfondre.

Eléonor leva son verre en riant. Elle savait que Yuno était là, même si elle ne pouvait pas le voir depuis l'aventure Rasparovic. Au début, elle sentait la présence du jeune homme puis cette sensation s'était progressivement et inexorablement estompée. Mais elle était sûre qu'il n'était pas très loin.

— Comment vont les affaires ? demanda-t-elle à Toma.

— Pas trop mal. Nous avons une transaction ce soir, j'attends un coup de téléphone pour confirmation.

— N'en dis pas plus, je ne veux pas savoir à quoi tu es mêlé.

— Qu'est-ce que tu vas imaginer ? J'achète un appartement.

— Tu t'installes définitivement ?

— Je ne sais pas… En tout cas, je vais rester quelque temps.

— Trinquons à ta nouvelle vie, alors.

Une sonnerie de portable l'interrompit. Il s'excusa et décrocha en se levant, avant de s'éloigner. Il revint après quelques minutes d'une conversation animée.

— Ryo, nous avons un problème.

Ce dernier poussa sa chaise et entraîna Toma à l'écart. Eléonor voulut le rappeler, car son portefeuille était resté sur la table, mais il était trop loin. Une photo aux coins cornés dépassait, attirant l'attention de la jeune fille. Elle la prit. C'était un cliché de Yuno, très abîmé, comme si on le regardait souvent. Elle eut un pincement au cœur en le voyant. Il était debout, vêtu d'un jeans déchiré et d'un col roulé noir, la tête tournée sur le côté, le sourire aux lèvres.

— Ne touche pas à ça ! fit Ryo, en lui arrachant la photographie des mains.

— Je ne voulais pas…

— Je m'en fiche. Tu n'as pas à fouiller dans mes affaires ! s'emporta-t-il.

Eléonor était confuse, mais Toma la rassura en mettant un doigt sur sa tempe pour signifier que son frère était fou. Ryo s'isola au bar devant un verre d'alcool plus fort que le champagne.

— Je vais te révéler le secret de mon frère, dit Toma en s'asseyant face à elle.

— Je t'écoute.

— Yuno était l'homme de sa vie…

— Tu te fiches de moi !

— Ils étaient plus proches que des frères. Mais pour rien au monde Ryo n'avouera ses sentiments.

— Au point… de le tuer ?

Toma garda longtemps le silence.

— Le soir de son assassinat, nous étions, Angèle, Ryo, Yuno et moi, tous passablement éméchés. Je plaisantais avec Angèle au bar, tandis que Yuno était à une table avec mon frère. Ils riaient. Puis

Yuno s'est levé, furieux, prêt à frapper Ryo. Il était très impulsif. Il le tenait par le col et a demandé à Ryo de s'excuser pour un geste déplacé, d'après ce que j'ai compris. Il s'est exécuté, mais il l'avait mauvaise, parce que Yuno a rajouté qu'il n'était pas et ne serait jamais intéressé par un garçon. Mon frère ne se laisse pas provoquer sans réagir, surtout à propos de ses penchants sexuels, et même s'il s'agit de quelqu'un qu'il aime profondément.

— Tu le soupçonnes d'être… Non, c'est impossible.

— Je souhaite me tromper de tout mon cœur.

— Qu'est-ce qu'on doit faire ?

— Je ne sais pas. Mais maintenant que tu sais cela, tu es en danger. Je pense qu'Angèle a été tuée parce qu'elle se doutait de quelque chose. C'est pour te protéger que je ne t'ai rien dit.

— Ryo m'a dit qu'Angèle a été la victime de représailles.

Toma hocha la tête.

— Les siennes.

Eléonor se leva, chamboulée.

— Je vais rentrer.

— Je te raccompagne.

Ils sortirent et Eléonor percuta un jeune homme qui ne l'avait pas vue ouvrir la porte.

— Gabriel ? Je n'aurais jamais cru te rencontrer ici.

— Je suis de passage et Toma m'a dit de venir vous rejoindre ici si j'en avais le temps. Tu es… (Il la détailla de la tête aux pieds) Encore plus belle qu'avant.

— Tu exagères. Un café, ça vous dit ?

Les deux jeunes hommes acquiescèrent et s'éloignèrent du club.

— Eh ! Qu'est-ce que vous faites ? Où allez-vous ?

Eléonor se tourna et vit Ryo qui sortait derrière eux.

— On préfère boire un café.

Ryo s'approcha.

— Tu te souviens de Gabriel ?

— Vaguement, dit-il en lui serrant la main.

Son haleine était chargée d'alcool et le jeune homme fit la grimace.

— Bon eh bien, on ne va pas trop traîner. À plus tard, fit Toma.

Eléonor fit quelques pas, mais on la retint par le bras. Les doigts de Ryo s'enfonçaient douloureusement dans sa chair.

— Tu me fais mal, gémit-elle.

— Peu importe. Tu restes avec moi. En mémoire de Yuno.

— Après ce que tu lui as fait, laissa-t-elle échapper, tu veux boire en son honneur ?

— Qu'est-ce que tu viens de dire ?

Un éclat passa dans ses yeux. La jeune fille était terrifiée. Malgré cela, elle continua.

— On dit que tu lui volais toutes ses copines.

Ryo se mit à rire.

— Toutes, c'est un grand mot. Une seule. La seule. Je ne veux pas vous retenir plus longtemps puisque vous préférez vous passer de moi.

Toma prit Eléonor par les épaules et murmura :

— C'était juste… Il se méfie, nous devons faire plus attention.

— Je t'ai entendu, déclara son frère.

Il glissa sa main sous sa veste.

— Qu'est-ce que tu fabriques ? s'exclama Toma.

Gabriel n'y comprenait rien.

— Les gars, un peu de calme…

Il se tut et fit un bond en arrière lorsque Ryo braqua un pistolet sur lui.

— Qu'est-ce que vous complotez derrière mon dos ?

— Rien du tout. Range ça avant que quelqu'un appelle la police.

— Ferme-la.

— Espèce de taré.

Toma se planta entre son frère et ses amis. D'un signe de main, il leur conseilla de reculer.

— Tu n'oserais pas ouvrir le feu en pleine rue, tu n'es pas si insensé.

Gabriel tira doucement Eléonor en arrière.

— Tu tuerais ton propre frère ? Comme tu as tué Yuno ? Comme tu as tué Angèle ?

— Je n'ai rien à voir avec la mort d'Angèle. C'était une action de représailles. Dégage de là.

— C'est hors de question. Yuno était comme un frère pour nous… Et tu l'as assassiné !

— Tu ne peux pas comprendre les raisons qui m'ont poussé à faire ça.

— Comment ça ?

— C'était mal…

— Non…

— Tais-toi. Tu ne sais pas ce que c'est de refouler sans cesse ses sentiments. Il était si… si beau. Voir son visage était une torture, sentir son odeur était une torture…

— Cesse donc d'agiter ce pistolet sous mon nez ! s'exclama Toma, craignant qu'un coup ne parte. Pourquoi tout lui enlever ? Pourquoi l'empoisonner ?

— Je lui ai enlevé Angèle parce que je crevais de jalousie. Tu te rends compte ? J'en étais malade de les voir ensemble. Et je l'ai tué. Pour éloigner la tentation. Je me suis dit que si je ne pouvais pas l'avoir, personne ne l'aurait.

— Yuno n'était pas un objet ! C'était mon ami. *Notre* ami ! Un frère !

— La ferme ! Je ne peux pas tirer sur toi parce que tu es de la famille, mais je peux très bien te casser la gueule.

Un coup de crosse cueillit Toma à la pommette, puis un second au creux de l'estomac, et Ryo le finit d'un coup de tête dans le nez. Toma tomba à genoux, le visage ruisselant de sang.

— Courez ! cria-t-il avant que Ryo l'envoie rouler sur le côté d'un coup de pied.

Gabriel et Eléonor prirent la fuite tandis que Ryo ouvrait le feu. Les balles pleuvaient, criblaient les voitures qui bordaient le trottoir et effritaient les murs. Une vitrine vola en éclats dans un fracas assourdissant. Ils plongèrent derrière un taxi garé pour se protéger de l'ondée de plomb.

Gabriel se redressa légèrement lorsque les coups de feu cessèrent. Toma profita de ce répit pour se ruer sur Ryo. Il le désarma aisément et lui envoya un direct du droit en plein visage à trois reprises. Il enchaîna avec deux crochets dont le dernier déséquilibra son frère. Ryo hurla de rage et se releva. Les deux frères roulèrent sur le sol en se rouant de coups. Touché à la tempe, Ryo resta allongé sans bouger. Deux vigiles en profitèrent pour le saisir et l'immobiliser.

Gabriel se leva.

— C'est fini, tu peux… Tu vas bien ?

Eléonor leva les yeux vers lui. Elle avait le visage pâle.

— Je ne crois pas.

Elle lui tendit la main et il l'aida à se remettre debout.

— Qu'est-ce que c'est ?

Il leva sa main poisseuse vers la lumière que diffusait un lampadaire tandis que son amie faisait quelques pas hésitants vers Toma.

— Appelez une ambulance ! hurla Gabriel.

Eléonor s'écroula au milieu du trottoir comme une poupée de chiffon.

— Oh non… Merde ! Merde !

Il tomba à genoux, la voix brisée par la panique. Une flaque sombre s'élargit sur le sol. Toma s'accroupit près de lui.

— Les secours arrivent.

Il jura en japonais.

— Elle perd trop de sang.

Eléonor ouvrit les yeux. Sa main trouva celle de Gabriel.

— Ne vous inquiétez pas pour moi.

Au loin, une sirène stridente déchira le silence.

— Tiens bon ! Tu entends ? Les secours arrivent.

— Je crois… qu'il est trop tard.

Sa voix n'était pas plus forte qu'un murmure, un souffle presque imperceptible.

— J'ai froid…

Gabriel la souleva et la pressa contre son torse. La tête d'Eléonor tomba en arrière. Au même moment, l'ambulance s'arrêta dans un crissement de pneus.

— Monsieur, écartez-vous !

Toma écarta Gabriel.

— Dis-moi que c'est un cauchemar.

— Si seulement ça pouvait en être un.

Gabriel se laissa glisser le long d'un mur. La rue se colorait de rouge et bleu par intermittence, au gré des rotations du gyrophare.

Samedi 14 Avril

« Je n'y comprends rien, marmonna-t-elle. Qu'est-ce que je fabrique encore ici ? »

La chaise du bureau fit un tour.

— Je sais ce qu'il s'est passé.

Nouvelle rotation.

— Je sais qui a fait ça.

Nouvelle rotation.

— Je n'ai rien à donner à personne.

La chaise s'immobilisa.

— Alors pourquoi suis-je en train de regarder Gabriel nouer sa cravate pour mon enterrement ?

Eléonor se leva et fit les cent pas. Le jeune homme se laissa tomber sur son lit. Il roula sur le ventre et enfouit son visage dans son oreiller. Nao lui mordilla le doigt de pied et il l'attrapa en souriant. Eléonor s'assit sur le bord du lit, posant une main bienveillante dans le dos de Gabriel.

— Tu t'en remettras. Je compte sur Nao pour te réconforter. Un peu comme un dernier souvenir de moi.

Il leva brusquement la tête, comme s'il l'avait entendue.

— Tu vas être en retard.

Il consulta sa montre, enfila sa veste noire et ses chaussures, et s'observa pour voir s'il était bien mis.

— Tu es très beau. Toma avait raison, tu pourrais être mannequin…

Elle l'embrassa sur la joue.

— Dépêche-toi.

Il marmonna en farfouillant son bureau et sortit, suivi sans le savoir du spectre d'Eléonor.

/

La jeune fille observa le groupe de personnes rassemblées autour d'un trou fraîchement creusé. Il y avait son père, Toma et Ezra, Gabriel bien sûr, et quelques amis. Bref, pas grand monde. Elle trouva la situation sinistre et quitta le cimetière sans un regard pour son cercueil. Elle se rendit dans son parc, elle avait besoin de réfléchir.

Elle erra dans les allées, tournant en rond. Une silhouette apparut à quelques mètres d'elle. Elle crut à une illusion et n'y prêta pas attention. L'apparition avança et elle n'en crut pas ses yeux.

— Je t'ai manqué ?

Cette voix ! Elle n'osait y croire ! Et pourtant, Yuno se planta devant elle avec un immense sourire. Elle hésita un instant entre plaisanterie et franchise.

— Tu n'as pas idée. J'ai failli te remplacer par un chihuahua.

— Eh bien me revoilà. Ou plutôt, te voilà. (Il la poussa en avant et ils se mirent à marcher) J'ai une question à te poser.

— Tu vas me demander pourquoi je suis restée sur Terre ? Je me trompe ?

— Non.

— Je n'en sais rien.

— Et moi ? Tu ne t'étonnes pas de me trouver là ?

— Je devrais ?

— Je sais ce qu'a fait Ryo.

— Ah... C'est étrange, en effet.

Yuno soupira. Des fois, il se demandait si Eléonor n'avait pas une case en moins.

— Tu n'as rien à me dire ?

Elle réfléchit un long moment et eut une moue dubitative.

— Non.

— Tu es dingue de moi, mais tu ne veux pas le dire !

— Ce n'est pas vrai. Arrête de croire que tu es irrésistible !

— De quoi as-tu peur ? Les secrets ne servent à rien quand on est mort. N'est-ce pas ce que tu ne cessais de me répéter ?

— Ça n'a rien à voir.

Yuno l'attrapa par la nuque et l'embrassa passionnément.

— Tu maintiens ce que tu viens de dire ?

Elle arborait maintenant un sourire ravi.

— J'adore ! Recommence !

— Mais… (Il se mit à rire) Tu n'as pas changé.

— Il ne manquerait plus que ça.

Ils reprirent leur marche.

— Qu'est-ce que tu as fait pendant tout ce temps ?

— Pas grand-chose. Je t'attendais en traînant à droite à gauche. J'ai aussi aidé ceux qui ont reçu des dons étranges à comprendre comment les utiliser.

— Un vrai chevalier. Même vieille et moche, tu aurais voulu de moi ?

— Bien sûr. Cela dit, nous n'aurions peut-être pas eu les mêmes retrouvailles.

— Avec un baiser pareil, j'aurais perdu mon dentier.

Ils pouffèrent.

— Eléonor. Il faut que je sache…

— C'était contre nature de t'aimer, répondit Eléonor. Tu étais mort. Pas moi. Comment aurait-on pu construire une histoire saine ?

Il hocha la tête.

— Je comprends. Alors tu m'aimes ?

— Oui.

— Vraiment ?

— Oui.

— Ça tombe bien, moi aussi.

Il lui prit la main.

— Viens. L'éternité nous attend.

Un coup de vent balaya leurs silhouettes qui s'estompaient.

/

Gabriel lissa ses cheveux ébouriffés par une bourrasque. Il posa une rose rouge sur la tombe et leva les yeux vers l'horizon. Il sourit. Une nouvelle page s'ouvrait devant lui.

FIN

À propos de l'auteur

Née à la fin des années 1980, Mélissa Restous est le fruit de lectures aussi diverses que variées, de cinéma fantastique et de pop anglo-saxonne. Sa passion pour la littérature s'impose très vite à elle, et elle consacre alors ses études aux « magiciens ès lettres » que sont Théophile Gautier et Oscar Wilde.

Elle a toujours été attirée par le monde des arts, notamment le dessin, mais c'est l'écriture qui devient une évidence. Le moment et le lieu sont sans importance du moment que c'est à l'ancienne, papier et plume à la main, et toujours en musique.

Du même auteur

La Prophétie

Dans le royaume de Codée, ils sont quatre à fuir les rêves de grandeur de Rhett le Magnifique. Elwyn est une tueuse à gages, Jon un voleur de chevaux, Kilmer un mage sans talent et Amaria une princesse arrogante. Tout les sépare, et pourtant, ils traverseront bien des épreuves, soudés par des liens forts tels que l'amitié, et parfois l'amour. Au cours de leur dangereux voyage, ils découvrent l'existence d'une prophétie qui peut briser leur amitié et changer leur vie à jamais. Les quatre compagnons pourront-ils triompher de la trahison, de la jalousie, et de la mort qui les entourent ?

Table des matières